费雯·丽

永远的
乱世佳人

〔英〕肯德拉·宾 Kendra Bean 著

金朗 译

江苏凤凰文艺出版社
JIANGSU PHOENIX LITERATURE AND ART PUBLISHING, LTD

Vivien

CONTENTS

目录

代 序

克莱尔·布鲁姆[1]

我手里拿着一个古董珐琅盒子，里外都装饰着玫瑰花。盒子脆弱而精致，这是来自费雯的礼物，我很珍惜它。费雯一整年都在仔细挑选礼物，留给某些特殊的场合和完美的收礼人。

我们是在伦敦舞台上一同出演让·季洛杜[2]撰写的《天使决斗》时相识的。我饰演身穿白衣的牺牲品卢克丽斯；穿着红色衣服的费雯则饰演具有危险性和破坏性的葆拉。当时正值50年代末期，仍然是时尚剧院的时代，那时的时髦女郎都期望自己能在舞台上衣着光鲜、美丽迷人。克里斯汀·迪奥设计了我们的衣服。费雯美得就像一只暹罗猫——她的眼睛有着与暹罗猫一样别致的蓝色；她的台风也如猫一般轻盈灵巧。她的骨架非常纤细，以至于在

---

① 克莱尔·布鲁姆，1931年出生于英国，犹太移民的后裔。英国著名女演员，代表作有《故园风雨后》《影子大地》等。

② 让·季洛杜，法国文学家、戏剧家。1882年10月29日生于法国贝拉克。

演出过程中，当我把胳膊放在她的肩膀上时，会觉得自己正在拥抱一只充满异国情调的脆弱的鸟。而在某种程度上，她确实是这样。

我比同台的费雯年轻 18 岁，但这个年龄差异从来没有影响过我们对彼此深沉的爱。我与她的丈夫劳伦斯·奥利弗[①]曾有过短暂的情愫，我曾在《理查德三世》电影中与他演对手戏。她本可以憎恨这一点，也可能会憎恨我的年轻，可她从未这样做过。

那些对费雯表演的批判性评论多数无关痛痒，但有一两次是彻头彻尾的侮辱。因为有人认为，这位公认的那个时代最美丽的女人不可能是一个优秀而认真的女演员。其实她的敬业无须证明，但如果一定需要证据，那么她扮演的角色（如克莉奥佩特拉、强大而坚定的麦克白夫人，尤其是最精彩的《欲望号街车》里光芒四射的布兰奇）无一不能告诉世人她是电影和戏剧领域里非常重要的艺术家。

在戏剧巡演中，我了解到了她生活中悲惨的一面。有一次我去更衣室找她，她正在流泪。我不知道原因，也不想刨根问底。可是后来我知道她已经听到传闻，知道奥利弗在演出后与美丽的女演员共进晚餐，并且这些女演员都比她年轻得多。而结果也证明，传闻确实是真的。

本书中有一部分详细描述了她的精神疾病，这一点，费雯身边许多人都曾亲眼看到过。我只见过一次这位最自律且敬业的女演员被疾病控制到失去自我。那时我告别了戏剧舞台，去出演一部我希望可以成为重磅之作的电影《愤怒的回顾》。几个星期后，大约是凌晨三点钟，我接到了费雯的电话。那天晚上她感觉不适，以至于

---

① 劳伦斯·奥利弗，1907 年出生于英国伦敦，著名的导演、制片人、演员。他是 20 世纪最著名和最受尊崇的演员，两次获得终身成就奖。另外，他还获得了 9 次艾美奖提名并 5 次获奖。在电影表演方面，他则得到了美国电影艺术科学院的高度承认——一生共获得 14 次奥斯卡提名。

无法表演，并告诉我她在家中洗澡时试图把头埋入水中，淹死自己。她说自己很孤单，问我是否能过去。我毫不犹豫地冲进一辆出租车，到达伊顿广场酒店。此时费雯已不是孤身一人，而是被一群人包围着。两台留声机在房间的两端播放着不同的唱片。费雯漂亮的脸庞浮肿着，几乎无法辨认。一位医生试图让她进入卧室，这样就可以给她注射一些镇定剂了。我停留了一段时间，最终意识到自己完全无能为力。

在我停止戏剧表演后，以往在封闭的剧院中才有的亲近关系渐渐淡化了，但我与费雯的感情从未完全消失。几年后，当我的女儿出生时，我收到了来自费雯的一封电报："恭喜，亲爱的。"

她全心全意地爱着那些她所爱的人，并且毫不在意回报。我很幸运能够成为她的朋友，这令我感到荣幸之至。

前 言

费雯·丽每每走进房间时，都会立刻吸引所有人的目光。这种迷人的魅力不仅仅是因为她无可挑剔的美貌，还在于她具有一种特殊的吸引力，令人沉迷。她最初热衷于舞台表演，不过她的魅力被电影银幕成倍放大，所以她演艺生涯的绝大部分都是和电影银幕有关。虽然费雯·丽离开这个世界已近半个世纪，但是她饰演的电影角色却仍然活在人们心中。无论是在《乱世佳人》中文明崩塌后仍竭力回归上流社会的斯嘉丽，还是在《欲望号街车》中不懈奋斗但最终屈服于严酷现实的布兰奇，费雯·丽一直拥有独特的力量让她的表演保持新鲜。因此她总能留住聚光灯，而许多同时代的明星已经从大众的记忆中消失了。

英国舞台和银幕上的“变色龙”亚利克·基尼斯爵士[①]曾如此评价她：“我们必须热爱我

① 亚利克·基尼斯爵士，一位具有传奇色彩的英国演员，有“影坛千面人”之称。

们所热爱的东西，而且我们必须保持忠诚。因此，许多人曾热爱费雯·丽的作品——包括舞台上的和银幕上的。但他们在她脆弱的时刻，或者潮流转变的时刻却离她而去，我觉得这毫无道理。当我们的真心付出无法得到认可时，就会和费雯一样，感怀于世态炎凉。”

就像一些公众人物一样，费雯·丽也曾受到诋毁。许多人都羡慕她得到了电影史上最令人垂涎的角色。在33年后的脱口秀节目《梅尔夫·格里芬秀》上，贝蒂·戴维斯承认自己仍然因为没有赢得《乱世佳人》中的斯嘉丽一角而怀恨在心。有人很快就指出费雯·丽的演技是后天习得的，而非天生的。20世纪50年代的著名评论家肯尼斯·泰南评论费雯·丽从“不需要配偶的女王”变成了他要一直批评的对象，因为她竟敢与她的爱人兼最好的导师，亦即英国最伟大的演员[1]演对手戏。但是，对于每一次由于嫉妒而向她抛来的指责，以及每一条负面的评论或误解，总会有无数人站在她这边保护她和安慰她。“了解费雯·丽之后你就会爱上她，”泰伦斯·拉提根[2]在1967年8月6日的《纽约时报》上这样说，“爱过费雯·丽也就曾被她爱过，她的爱真挚、热情而忠诚，可能还会让你为自己的心意动摇而感到羞赧。”

1960年，在与劳伦斯·奥利弗离婚前夕，费雯表达了她对未来的担忧。她给这位与她共度了颠沛动荡而又弥足珍贵的25年时光的男人写信说道：“我希望我的生命对许多人来说都是有用而值得借鉴的。”这句简单的引语似乎总结了一个问题的答案——

① 这里指的是劳伦斯·奥利弗。

② 泰伦斯·拉提根，英国剧作家，20世纪中期英格兰最受欢迎的剧作家之一。代表作有《游龙戏凤》《蔚蓝深海》等。

一个自从我开始编写本书以来已经被多次问到的问题：为什么费雯·丽无可替代？

我第一次认识她是通过电影《乱世佳人》。许多影迷似乎都是通过该片知道了她，这部电影流传甚广且地位极高，它已经成为向世界开启经典好莱坞电影之门的敲门砖。我已经记不清我这一生中有哪个时刻是不热爱电影的。作为一个敏感的年轻人，斯嘉丽·奥哈拉的传奇故事触动了我的心弦，我开始大量阅读所有能够找到的文献，这能让我了解更多关于电影制作和电影明星的信息。费雯·丽扮演的角色是这部电影众多人物中最有趣、最神秘的。

尽管费雯·丽是一位时尚明星，但她一直令人难以捉摸。她从来没有机会写下自己的故事，而对她一生最有影响的人物劳伦斯·奥利弗则一直拒绝接受她的传记作者的采访。1977年，安妮·爱德华兹[①]揭露了费雯·丽与躁狂抑郁症（现在通常称之为“双相情感障碍”）的长期斗争过程，这也导致围绕在费雯与奥利弗两人身上田园诗般的婚姻童话幻灭了。

大英图书馆2000年收藏的与奥利弗相关的研究论文提供了一个独特的视角，通过这些材料，我们可以重新了解费雯·丽与精神疾病斗争的各个方面以及她与奥利弗的浪漫伴侣关系和事业伙伴关系。这些之前未被发掘的档案材料，包括费雯和奥利弗的私人信件、电影合同、医生的笔记、采访记录、法律和医疗记录，为这两个经常被讨论却总被误解的主题提供了新的线索。

上一部重要的费雯·丽传记是在25年前出版的。现在，让我

① 安妮·爱德华兹，《费雯·丽传》的作者。

们再次聚焦这位女演员，将新的研究与稀有的、之前未曾发表过的照片[1]结合起来，再次向世人展示她惊世的美貌，并且呈现出她作为一个女人、一个演员和一个传奇的多重角色。

① 薇薇安·弗洛伦斯·恩特威斯勒说：“她是艺术摄影师的拍摄梦想，她倾国倾城。分析她的特征——比例、搭配、容貌、线条，像她这样的条件，摄影师很难出错。”

第一章

1

一夜成名

“我看了她在大使剧院里演出的《道德的假面》，她是我见过的在舞台上最美妙的人。”

——伊莎贝尔·琼斯[①]

费雯·哈特利（“哈特利”为费雯·丽原姓）从小就一心想当明星。尽管这位姑娘的品位不拘一格，兴趣爱好也非常广泛，其中包括阅读、绘画收藏、园艺等，但她最热衷的消遣活动，还是流连于各大影院剧场。一旦她迷上某位演员，就常常会把此人出演的某部电影或剧作看上好多遍。从小到大，她一向如此。7岁那年，还在罗汉普顿一所教会女校里寄宿的时候，她就央求母亲带她到市里，去看乔治·罗比[②]在莱斯特广场的竞技场剧院里的精彩表演。这位“欢笑首相”成了她最喜欢的演员之一，而由他主演的《五十天环游》，她更是看了16遍。此后，在看了米高梅[③]于1929年出品的无声电影《异教徒》之后，她又爱上了墨西哥的大众偶像拉蒙·诺瓦罗。

① 伊莎贝尔·琼斯（1891—1985），英国女演员，曾出演过悬疑电影大师希区柯克的多部作品，以及1958年蜚声欧美的音乐剧《金粉世界》。

② 乔治·罗比，19世纪末20世纪初英国喜剧演员和歌手，其舞台生涯长达60年。后文中的“欢笑首相”，是他出演过的最为人熟知的一个原创角色。

③ 米高梅公司（MGM），美国好莱坞八大影业公司之一。成立于1924年，是美国电影和好莱坞的象征，至今共获得170多项奥斯卡奖，在好莱坞各大影片公司中独占鳌头。《乱世佳人》就是该公司拍摄制作的。MGM是其全称Metro-Goldwyn-Mayer的缩写。

1932年，费雯嫁给了中殿律师学院的一名律师。身为中殿律师的妻子，她在给宝贝女儿苏珊娜雇了满意的保姆之后，还能余出不少零用钱来享受伦敦城的闲暇消遣活动。于是，在1934年的那个秋天，她屡屡现身皇家大剧院观看演出也就不足为奇了。那时，乔治·S. 考夫曼[①]和艾德娜·费勃[②]取材现实生活中巴里摩尔家族[③]的情景喜剧，被诺埃尔·科沃德[④]搬上了沙夫茨伯里大街的利里克剧院的舞台。

劳伦斯·奥利弗剧中扮演的嗜酒好色之徒安东尼·卡文迪什的原型为约翰·巴里摩尔，奥利弗是伦敦舞台上最有前途的影星之一。奥利弗外形俊朗，充满活力，打扮还很新潮，这一切都让人陶醉。费雯是宿命论的坚定信奉者，她全神贯注地望着在舞台上跳跃的奥利弗，在脚灯的映照下，她仿佛看到了自己的全部未来。费雯突然转身对闺蜜低声耳语："那就是我想嫁的男人。"闺蜜一怔，然后提醒她，她和奥利弗都各有家室。"没关系，"费雯回答说，"总有一天我会嫁给他的。"但那时她并未意识到，短短几个月后，自己竟然在伦敦西区的首场演出后成了伦敦剧院舞台上炙手可热的人物，而演出中她用的名字就是费雯·丽。

7岁的时候，费雯跟同学莫琳·奥沙利文（后来因在影片《人猿泰山》中扮演简，与约翰·魏斯米勒搭戏而闻名）说她想当影星。小小年纪就想当影星似乎有点儿不着边际，尤其是对于一个在修道院严苛清苦的生活环境下长大的女孩儿来说，更是如此。不过她本就不是一个循规蹈矩的人。据莫琳回忆称，尽管当时年龄还小，费

① 乔治·S. 考夫曼，美国剧作家、新闻记者。
② 艾德娜·费勃，美国作家。
③ 巴里摩尔家族，美国好莱坞演艺世家。
④ 诺埃尔·科沃德爵士，英国演员、剧作家、流行音乐作曲家。

雯就已经有了彰显个性的光环。“她是个漂亮的小女孩儿。我记得在学校里我们经常做一些幼稚的事，比如投票选出世界上最受欢迎、最漂亮、最有才华或最有可能出类拔萃的人，而费雯·丽总会毫无异议地当选。费雯一直想当影星，她笃志博学，是学校里唯一选修芭蕾课的女孩儿。她独自去上课，每次都形单影只，我觉得她真的很勇敢。”

1913 年 11 月 5 日，费雯·玛丽·哈特利这颗想象力的种子在印度大吉岭得以生根发芽。她是英国约克郡籍证券经纪人欧内斯特·理查德·哈特利和妻子葛储·玛丽·弗兰西丝的独生女，后来，费雯跟劳伦斯·奥利弗开玩笑说，她从小就很受宠，小时候甚至还以为盖伊·福克斯之夜绽放的焰火真的是为了庆祝她的生日。大吉岭曾是英国侨民安度印度湿热酷暑的一处圣地，对于费雯的母亲而言，大吉岭还有着精神层面的意义。据说，葛储怀孕时常常会坐在那里着迷地凝望着远方的喜马拉雅山脉，希望大自然赋予她未出生的孩子美貌与智慧。

近年来,出现了一些关于费雯祖籍的猜测。雨果·维克斯[①]透露说，费雯的母亲葛储可能有着亚美尼亚人或帕西人的血统，而这也就解释了费雯的“东方美”。葛储婚前姓耶克，不过她经常以鲁宾逊作为姓氏,以免受到当时普遍的混血歧视。曾有人把费雯与女星梅尔·奥勃朗[②]做比较，而且奥勃朗和劳伦斯·奥利弗在两部影片中还有过合作。她深受当时仇外情绪的影响，所以成年后一直认为她的出生地是塔斯马尼亚而不是孟买，并一直认为她的印度母亲根本不是她的

① 雨果·维克斯，英国王室历史学家。

② 梅尔·奥勃朗，原名埃斯特尔·梅尔·奥布赖恩·汤姆森，英国演员，主要作品有《呼啸山庄》等。

▲ 作为一个出生在印度的孩子，费雯·丽的想法天马行空。1960 年，在被问到为什么当初会想当影星时，她答道：“我想，我喜欢打扮自己。”

亲生母亲。奥勃朗与亚历山大·柯达签了一部影片，并竭力表现出自己是一个“英国人”。对于费雯来说，情况则并非如此。她从不否认出生在印度，而且她所展现的异域风情在20世纪30年代很受追捧。无论她有着怎样的出身背景，这一切都没有对她的生活或事业产生任何负面影响。

费雯的表演天赋可能来自于她父亲。除了马球和赛马，欧内斯特还喜欢作为加尔各答戏剧协会的业余演员参加表演。据费雯称，她母亲是“家里的决策者”。葛储培养了女儿对文学的热爱。费雯特别喜欢拉迪亚德·吉卜林[①]的《丛林故事》。尽管早已烂熟于心，她还是会央求母亲给她讲述书中的故事。此外，她也很喜欢汉斯·克里斯汀·安徒生、刘易斯·卡罗尔[②]以及希腊神话中的虚幻世界。在她的一生中，幻想是一个反复出现的主题，无论是在其作品中，还是在她试图为他人创造的氛围中。

在第一次世界大战期间的1917年，欧内斯特搬到了班加罗尔，在那里找了份为在中东作战的英国军队训练马匹的工作。他的妻女去了乌塔卡蒙德，继续享受着优越的生活。在马苏里附近，3岁的费雯首次登台亮相。她被选中在“汤姆，风笛手之子”慈善晚会上表演《小波比》，别的孩子都羡慕得要命。费雯向观众直言她不会唱只会朗诵，反而博得了好感。一起演出的还有后来著有《黑水仙》的鲁默的姐姐南希·戈登。鲁默觉得费雯是个“让人着迷的小姑娘”。

1920年4月，费雯幸福的童年生活戛然而止。作为一个虔诚

---

① 拉迪亚德·吉卜林，英国小说家、诗人。

② 刘易斯·卡罗尔，原名查尔斯·路特维奇·道奇森，英国数学家、逻辑学家、童话作家、牧师、摄影师。

▲ 费雯·丽的两幅照片，由知名儿童摄影师马库斯·亚当于 1922 年摄于伦敦。

的罗马天主教徒，葛储希望女儿在宗教环境下成长。6 岁时，费雯被带回英国，并寄读于伦敦西区圣心修道院罗汉普顿女校。以后近两年时间，她都没见过她的父母。帝国时代，寄居国外的特权阶层将子女送回国接受教育并不罕见。费雯那一代英国影星中有好几个（包括玛格丽特·洛克伍德、达尔西·格雷、古姬·韦瑟斯、巴兹尔·拉斯伯恩）都有过这样的经历。由此可以想象，正是费雯被“遗弃”修道院时所体会到的无助感最终导致她晚景的悲凉。她的伴侣杰克·梅里维尔曾提到，费雯生前与葛储的关系并不融洽。他说：“当她向母亲求助时，我就知道她情况不太好了。”不过，葛储始终认为费雯没有心理健康问题。即便费雯犯病时又踢又打，她也熟视无睹。

费雯是学校里年龄最小的学生。她的同学中不止一位认为，这个离开父母孤身一人的可爱小姑娘散发着浪漫的气息。1969 年，她的朋友帕特里夏·帕齐·奎因，即兰伯特夫人跟阿兰·登特描述了其对费雯的印象：“在我眼里，往昔的她——身材娇小，面容精致，鼻子高挺，面如桃靥；蓝色的杏眼含情，栗色的卷发及腰。”

另一位寄宿生简·格拉斯回忆说：“她父母在印度，所以，修女们那时候都特别宠爱费雯，搞得就像她父母在火星上一样。”当小伙伴儿们都放假回家时，费雯常常被遗忘在角落里。为了抚慰费雯的孤独，院长特准她晚上抱着一只白色的小猫睡觉。随着时间的推移，费雯慢慢适应了周围的环境，不过想家的感觉从未完全散去。在她的家信中，费雯常常表示希望快快长大，好早日回到父母身边。

对费雯来说，修道院的生活是秩序和叛逆的矛盾混合。她在严苛的虔敬祷告生活中找到了安全感，与此同时，她又有反抗教长权

▲ 费雯·丽和赫伯特·利·霍尔曼

威的倾向。随着费雯的长大，修女们发现手头有“麻烦”了。费雯11岁时曾给修女布拉斯·霍尔写信诉说她的“苦难”。她说：“苦难教会了我很多，我的朋友们也希望我能经受住苦难。”修道院有很多戒律，却鲜有实施。费雯非常用心，很快就学会了如何得到自己想要的。

她在学校培养的一个最重要的品质就是她的交友能力。为了和她的同龄人相处融洽，费雯友好地把她父母从印度寄来的时尚礼物拿出来跟大家分享。她曾请求母亲为她“没有得到任何珍珠而倍感失望”的朋友莉比寄一份礼物。费雯虽然不是非常好学，但她喜欢历史，倾向表演艺术、钢琴和小提琴，并在学校管弦乐队演奏大提琴。她还参加了一些学生策划的节目，先后扮演过《仲夏夜之梦》中的小仙女、《暴风雨》中的米兰达和《问贝克尔斯》中的高尔夫女郎，但都不算很成功。她尖尖的嗓音只有前排观众能听到，甚至还忘了台词。据雨果·维克斯回忆说：“儿童制片人布里奇特·博兰用烛台敲着她的头，来教她发音……”

1927年夏天，费雯离开罗汉普顿女校。在接下来的5年里，她在欧洲大陆的一系列进修学校里学习，并塑造自己的“大都市”形象。她习得一口流利的法语和德语。在巴黎，法兰西剧院里一位身为演员的安托万小姐教她练习发声，并鼓励她前往巴黎剧院游学。她在巴伐利亚求学的学校提供了很多去维也纳和萨尔茨堡附近进行文化游览考察的机会，但这些活动的主要目的是教女子为未来的家庭生活做准备。“这就是说，身为女子，我不得不学习每个主妇都必须掌握的知识。这不是我想要的！”费雯在1939年说道，“那是帮助我下定决心成为一名演员的诱因之一。”

18岁那年，费雯转而接受另一种教育。试镜后她被伦敦皇家戏剧艺术学院录取。据菲利克斯·巴克于1953年出版的授权传记《奥利弗一家》记载，费雯在皇家戏剧艺术学院的导师认为她很有希望。费雯在1961年的一次采访中回忆道："……事实上，我在学校的成绩非常糟糕。我在威廉·萨默塞特·毛姆出品的《恺撒之妻》中扮演了一个角色。我记得那份报告上写道：'你为什么这么糟糕？是因为你太有幽默感了吗？'好吧，我不知道是什么原因，但我非常震惊。我想可能是我注意力不集中。"然而，她非常认真地追求着自己热衷的事业，无论是婚姻，还是母亲身份，都未能阻止她。

1931年，费雯在南德文遇到了大律师赫伯特·利·霍尔曼，那个给她取了艺名"费雯·丽"的男子。他比费雯大13岁，长相酷似影星莱斯利·霍华德[①]。霍尔曼出身于传统家庭，他把费雯带入上流社会，并带给她伴其一生的典雅气质和不俗品位。他们于1932年12月完婚，次年费雯生下了他们的女儿苏珊娜，她并未因为当了母亲就故步自封。"我没有选择安逸，因为我知道，无论如何，哪怕在20岁时取得了成功，也不该虚度余生，让自己因壮志未酬而抱憾终生。"费雯说，"跟所有的母亲一样，我爱自己的孩子，但我发现，只要心怀赤诚，就根本无法放下舞台上的职业生涯。只有遵从自己的内心……"1934年8月，费雯第一次作为职业演员在英国高蒙出品的影片《欣欣向荣》中客串无名女学生。尽管她的名字没有出现在片尾字幕，但她仅凭自己的美貌和一句台词就在一众演员中脱颖而出。不久之后，她与独立经纪人约翰·格利登签约。格利登很快就帮她在派拉蒙于国内发行的两部低成本影片《君子协定》和《乡

① 莱斯利·霍华德，1893年生于伦敦，舞台剧、电影演员。代表作为《乱世佳人》中的艾希礼·威尔克斯，曾两度获得奥斯卡最佳男主角提名。1943年霍华德乘坐的飞机遭到纳粹德军的炮火射击，最终飞机坠海，霍华德身亡，终年50岁。

村绅士》中找到了角色。试镜制片人安东尼·哈夫洛克·艾伦负责为这两部电影挑选演员。他认为，费雯的演技并不是天生的，是她后天努力的结果。她并不满意现状，想提升自己，想有更广阔的舞台。

费雯的下一部电影是1935年的《仰面大笑》。

她与导演巴兹尔·迪安的合作不是很愉快。对于她的经验不足，迪安没有丝毫的体谅。迪安后来写道，费雯非常紧张，有一阵子好像有点儿不知所措。不过，她在影片中遇到了好搭档格雷西·菲尔茨。他在她沮丧的时候给予了很多鼓励："别担心，亲爱的！你演得不错！"后来，格利登建议迪安帮费雯与新成立的伊琳制片公司签五年的合约。选角导演奥布里·布莱克伯恩觉得这主意不错，但迪安觉得她"还不能胜任主要角色"。迪安并未意识到费雯身上的潜力，而这却阴差阳错地帮她走上了明星之路。

1935年5月15日，当伦敦夜幕降临，人们满怀期待地拥进了考文特花园附近的大使剧院内堂，去观赏剧院经理西德·卡罗尔的新作《道德的假面》的首演。这部舞台剧由麦克斯韦·雷导演，由阿什莱·杜克斯译制成英文，是专为南非出生的女影星珍妮·卡萨里制作的，并且弗兰克·塞利尔和树夫人还在里面友情客串。剧情设置在18世纪的法国，随着帷幕的徐徐拉开，三位早已成名的演员在很大程度却渐渐被遗忘了。所有观众的目光都集中在舞台后面一袭黑色蕾丝装扮的费雯身上——她美得令人窒息。此前没人听说过她，不过，第二天早上，她便成了伦敦家喻户晓的人物。

"我记得《道德的假面》首演后的第二天早上……有些评论家认为我是一位出色的女演员，这简直太愚蠢了，"费雯在1960年回忆说，"我认为这种说法简直太愚蠢、太恶毒了。因为这样一来我就会承担一些超出我能力范围的责任！"

▲ 费雯·丽在 1935 年《道德的假面》首场演出结束后拍摄的照片之一。

▲ 费雯・丽因在 1935 年的《道德的假面》中扮演汉丽艾德・杜克斯诺一夜成名。

▲ 上图：《英伦战火》（1937），费雯・丽首次与劳伦斯・奥利弗共同出演的影片，该片由亚历山大・柯达创作，并由美国导演威廉・K. 霍华德执导。

▲ 下图：费雯・丽和劳伦斯・奥利弗在《英伦战火》中分别饰演辛西娅和迈克尔。他们在银幕上是情侣，四年后两人在现实中成为夫妻。

凌晨四点，她在母亲和利·霍尔曼的陪同下避开记者，跑到弗利特街上去买早报。评论绝大多数都是好的，但即使在突如其来的名气之下，费雯对于她能被选中出演亨利特·杜奎恩一角仍不抱任何幻想。当费雯和约翰·格利登到西德·卡罗尔办公室参加试镜前会议时，西德·卡罗尔被她的美貌深深吸引了。这位试镜制片人因挖掘和起用新人而闻名，他意识到，这个“新人”比较有潜力，可能对他的影片取得成功很有帮助，但是她的声音需要处理。不过，麦克斯韦·雷还是赞扬了她优雅的动作、较高的悟性以及扎实的台词功底。幸运的是，费雯的老同事们随时都可以为她提供支持和指导：“每天晚上我到剧院演出时，都会看到亲爱的树夫人，她花了这么多美好的时光，成功地做着我想做，却因为缺乏经验和知识而未能做的事。我领略过珍妮·卡萨在舞台上的女王风范；我很崇拜弗兰克·塞利尔，他的每场演出都让我深刻地领悟到自己距离一个真正的演员还有多少距离。”

首演当晚的观众中有一位电影大亨——亚历山大·柯达[①]。安东尼·哈夫洛克·艾伦认为，这个匈牙利制片人不仅策划了《道德的假面》的上演，还造就了费雯。他告诉传记作者查尔斯·德拉辛，柯达曾在自己早期的一部影片中见过费雯，现在想看看她能不能驾驭自己的戏。“她做到了！”柯达认可了费雯的表演能力与个人魅力，所以，他愿意为她支付 5 万英镑的片酬，还为她提供了每年六个月的舞台演出机会。

利·霍尔曼被要求与费雯合照，他却认为这相当荒谬。他并不像妻子那样对表演艺术充满兴趣，因此对她的雄心壮志有所曲解，

---

① 亚历山大·柯达，出生于匈牙利的电影导演和制片人。他是伦敦电影公司的创建人，英国电影史上的重要人物。

The Picturegoer Weekly. Registered at the G.P.O. as a Newspaper.
No. 359 (New Series), Vol. 7. April 9, 1938
Picturegoer
The Screen's Most
2d WEEKLY
FREE inside
16 PAGE SUPPLEMENT OF
Marie WALEWSKA
with GRETA GARBO
& CHARLES BOYER
Vivien LEIGH

这令费雯很难过。在她职业生涯的这个阶段，费雯很乐意获得更多的机会来谋求发展。由于她的重大突破出现在舞台上，而不是在银幕上，这使她的想法与流行观点不谋而合，即在文化上，戏剧表演要优于电影表演。这种态度在包括拉尔夫·理查德森[①]、约翰·吉尔古德[②]和劳伦斯·奥利弗在内的那一代演员中很常见。费雯在1935年夏季的《插图戏剧季刊》中向她的新影迷们说道："我想跟剧场的观众说最后一句，电影永远不会让我离开舞台……比起电影公司的应酬，我更愿意和观众面对面地交流，无论这样做能否带给我金钱和名望。"

由于柯达忙于筹建德纳姆制片公司，导致费雯的合约在伦敦电影公司的架子上躺了一年多。

与此同时，她继续锤炼着自己的舞台表演经验。她与艾佛·诺维洛及玛瑞斯·戈令联袂出演了《快乐伪君子》，并在牛津大学戏剧协会的节目中扮演由约翰·吉尔古德执导的《理查德三世》中的王后。1936年夏，柯达终于邀请费雯来扮演伊丽莎白时代的古装剧《英伦战火》中的辛西娅。她在剧中的情人迈克尔·因戈比由劳伦斯·奥利弗扮演。

奥利弗在《道德的假面》中见过费雯，并为她的美貌所倾倒，他也承认自己当时并没有考虑过她作为一位女演员的能力。不久之后，他们在萨沃伊酒店烧烤餐厅的大厅正式会面，这在当时成了伦敦演艺界的一大热点。

近半个世纪后，奥利弗仍然清楚地记得费雯曾坐过的地方："除

① 拉尔夫·理查德森，英国演员。在戏剧界、电影界及电视界都很知名，尤以其在莎士比亚剧中的角色和对普通平民人物的刻画而广受赞誉。

② 约翰·吉尔古德，英国著名多产演员，毕业于英国皇家戏剧艺术学院，以擅长扮演莎士比亚戏剧中的角色闻名于世。

▲ 上图：费雯·丽和劳伦斯·奥利弗在拍摄《二十一天》（1937）期间一起午餐。

▲ 下图：费雯·丽和劳伦斯·奥利弗在拍摄《二十一天》休息时与联袂主演莱斯利·班克斯在一起。

▲ 1936 年费雯·丽在卡普里岛享受阳光。

▲ 1936 年费雯·丽和劳伦斯·奥利弗在卡普里岛的一段温馨时光。

了在舞台上，那是我第一次看到那张精致的面孔，而她也看到了我。但她当时看起来像是在和一个年轻人热恋，至少他们有热恋的倾向。”费雯身边的年轻人是格拉黛丝·库珀[①]的儿子约翰·巴克马斯特，费雯当时在讥讽他——因为巴克马斯特指着奥利弗说，他若是没有胡子看起来很傻，这一行为惹恼了费雯。“我很气愤，”1960年费雯回忆说，“毫不掩饰地说，他看起来一点儿也不滑稽。”

晚上，奥利弗邀请费雯和利·霍尔曼参加他和妻子吉尔·埃斯蒙德在梅登黑德附近的家里举办的周末聚会。随后又零星地聚了聚，直到拍摄第一天，他们在德纳姆制片公司的食堂外相遇，费雯向奥利弗表示很高兴可以和他合作。据传奥利弗回答说：“我们很可能会闹矛盾，拍电影的时候，演员们都会彼此诟病。”然而意外的是，他们竟然互生情愫，并成为二十世纪最著名的名人夫妇。后来费雯和记者朋友戈弗雷·韦恩说道：“我不知道，如果影片再次上映，你是否还会在我们的脸上看到我们与命运的正面交锋。我不认为自己曾经有过如此强烈的生活。我夜夜无眠，永远无法忘怀我们一起度过的每一刻珍贵的时光。”

《英伦战火》本来是为演员弗劳拉·罗博森所作，柯达却想提携费雯。大卫·塞尔兹尼克在4年后说道：“柯达开始改变费雯的生活细节，想要把她打造成自己心目中的明星。”费雯被包装成别具异域风情的时尚美人，其已为人妻人母的细节也被略去了。英国影迷杂志《摄影爱好者》认为，“对于一个年轻的女明星而言，这些不利于她在国际上的发展”。同一篇文章中引述了费雯对于家庭生活比出名更重要的报道的犀利驳斥——“我不知道怎么会刊登出来！”

---

① 格拉黛丝·库珀，19世纪英国女演员，曾三次获得奥斯卡奖提名。

▲ 劳伦斯·奥利弗和费雯·丽在去丹麦观看老维克剧院出品的《哈姆雷特》的列车上，摄于1937年6月。

尽管费雯在《英伦战火》中只是个小角色，但她在宣传资料中被列成了明星之一。她和奥利弗的剧照裱框后挂在了大厅里最显眼的位置，柯达很清楚摄像机停止转动后发生了什么，而且也希望把他们打造成一对银幕情侣。柯达鼓励他们把银幕中的浪漫爱情发展到现实生活中，而他也成了费雯和奥利弗职业生涯中的“慈父”，他们之间的这种关系一直持续到 1956 年他去世。

劳伦斯·科尔·奥利弗 1907 年出生于萨里郡多尔金，是家中最小的儿子。他的父亲是一位吝啬的圣公会牧师，并且是一位“令人生畏的父亲”。像费雯一样，奥利弗的童年经历对他的性格同样有着深远的影响。奥利弗小时候觉得自己不被需要，这令他感到深深的不安，他的宗教信仰又让他无法摆脱内疚感。直到 10 岁那年登上了牛津广场玛格丽特街附近一所男校的舞台，他才第一次感受到自己被重视。他只能在戏中寻求一些慰藉，他信奉在表演中由外而内地塑造人物角色。而奥利弗挚爱的母亲艾格尼丝死于脑瘤时，他才 12 岁。母亲曾是他的“整个世界”，她逝世后，奥利弗一直未能释怀。成年后，他便想要从情侣身上寻求慰藉以填补缺憾。他的父亲对他很冷漠，对宗教的狂热胜过对他的关心。

表演成了奥利弗人生的全部。他不只想成为一个好演员，更想成为那个时代最伟大的演员。他拥有成为明星的必要条件。他很有魅力，并且在舞台上比在生活中更有魅力。1930 年，奥利弗迎娶了女星吉尔·埃斯蒙德，他们的关系并非和谐融洽，奥利弗后来也承认那是一个错误。奥利弗和费雯开始婚外情时，吉尔已经怀上了他的儿子塔奎因，他对妻子和孩子维多利亚式的责任感使他难以割舍妻儿。在他们这段关系开始之时，费雯扮演了追求者的角色。塔奎因出生于 1936 年 8 月。而在 10 月《英伦战火》杀青后不久，费雯就大胆地跟随奥利弗和他的妻子去了卡普里岛。假期过后不久，奥利弗对他们之间的关系就不再迟疑了。

1937 年 4 月 3 日，《摄影爱好者》的专栏作家麦克斯·布林将费雯称为“英伦影坛有史以来最重要的演员”。他指出：“她一点儿也不热衷于去好莱坞发展。但只要她愿意，她随时都可以去。当然这取决于英国电影公司做何打算。”柯达在英格兰发掘了费雯，却不只是为了英国银幕。柯达是英国电影行业中举足轻重的人物，也是当时唯一一位拥有丰富的人脉资源以支持其在海外发行影片的制片人。1933 年，他凭借由查尔斯·劳顿主演的《英宫艳史》与美国联美电影公司做成了一笔利润丰厚的交易。

柯达出品的影片与好莱坞以及世界电影市场联系紧密，他旗下签约的影星也是如此。20 世纪 30 年代，这位影视大亨还并不想把费雯从本质上塑造成英国名角。她太过时尚迷人，以至于并不能代表当时主导英国电影行业的中产阶级的价值观。所以，她的角色总是另辟蹊径：在《仰面大笑》和《茶杯风波》中，扮演帮助中产阶级朋友的交际花；在《黑暗旅程》中，扮演为德国情报部门工作的时尚法国间谍；在米高梅出品的第一部英伦影片《牛津风云》中与老友莫琳·奥沙利文重逢。但实际上，这些都是在为费雯进军好莱坞做准备。

1937 年春，费雯与奥利弗在格雷厄姆·格林[①]根据约翰·高尔斯华绥的短篇小说改编的影片《空前绝后》中再次搭档。在这部影片中，她与导演巴兹尔·迪安也是再度合作。不过，这次她已不再紧张，取而代之的是冷漠。费雯扮演菀达——一个年轻的俄罗斯女孩，

① 格雷厄姆·格林，英国作家、编剧、文学评论家。前后 21 次获诺贝尔奖提名，代表作有《恋情的终结》《命运的内核》等。

她的情人拉里·杜兰特（奥利弗饰）意外地杀害了她久别的丈夫。作为投资人，柯达负责确定主角的人选。早在20世纪20年代初，迪安就想通过改编高尔斯华绥的小说把自己已故情人梅吉·阿尔巴内西搬上银幕。他想让克莱夫·布鲁克和挪威的芭蕾舞演员薇拉·佐里纳出演这部影片。布鲁克拒绝后，柯达选择了奥利弗，并且坚持让费雯扮演阿尔巴内西这个角色。这让迪安颇为质疑。

据报道，费雯和奥利弗的行为并没有展现出他们后来为人称道的专业精神。尤其是奥利弗，在年轻时毫不掩饰他对表演的厌恶，他甚至对费雯有一些莽撞无礼。迪安只花了几天的时间就发现，他们过于专注于自己的情绪以至于并未专注手头的工作。“他们的欢乐都是以大笑和哂笑的形式展现的。”他在1973年提到这两位影星时形容道，“两个快乐的歹徒。”而反过来，他们会喊迪安“甜心”。化妆师斯图尔特·弗里博也有类似的回忆。他不得不禁止奥利弗进入化妆间，因为只要给费雯化完妆，奥利弗就会“跑进来吻她，弄得她的脸乱七八糟的”。

柯达似乎和他的两位明星一样对《空前绝后》持冷漠态度。6月，他停拍了一周，让费雯和奥利弗前往丹麦去观看老维克出品的《哈姆雷特》的演出。迪安被激怒了，决定结束自己的导演生涯。至于这部电影，被柯达搁置了三年，直到《乱世佳人》和《呼啸山庄》大获成功之后才得以发行。1940年，费雯和奥利弗在纽约观看了这部影片，彼时，电影已经更名为《二十一天》。据报道，电影尚未结束他们就离场了。

费雯能有机会扮演奥菲莉娅，很可能得益于奥利弗在老维克剧院的影响力。1937年，她观看他演出的《哈姆雷特》不下14次。作为一个演员，费雯渴望自己的演技能得到提升，她很乐意当奥利弗的学生。闲暇时，奥利弗会跟她探讨她的发音问题，并提供很多有价值的建议。随着时间的推移，每当提及费雯时，人们指责奥利弗是“皮格马利翁[①]和斯文加利的混合体”。不过，他一直坚持说：“她的大部分成绩都是通过自己的能力和努力取得的。”自 1937 年 5 月接到丹麦旅游协会的邀请以来，蒂龙·格思里的公司一直在计划开展一项特别的活动。因原定饰演奥菲莉娅的演员绮莉·科特雷尔无法出演，老维克剧院的“女酋长”莉莲·贝利斯给费雯写了一封信，邀请她接演这个角色。接下来连续三周，费雯都是在早上拍戏晚上排练中度过的。

《哈姆雷特》本应在埃尔西诺克伦堡城堡的庭院里上演，届时会有 2500 名观众到场观看。但由于表演当晚天气恶劣，这场演出中途转场到了附近的玛丽安莱斯特酒店的舞厅。格思里在彩排期间对费雯的能力表示不屑，并且担心她声音太小观众会听不到，却不料费雯的表演让观众和评论家都感到十分惊喜。1937 年 6 月 8 日，丹麦戏剧家撰写了一篇文章，对费雯的演出做了如下描述：

“第一次扮演奥菲莉娅的费雯，似乎并没有因舞台条件的约束而感到不安。尽管外面的瓢泼大雨沿着游廊和衣帽间奔涌而入，她和哈姆雷特在舞台上依然挥洒自如。”

“人们从未在如此疯狂的场景中见过更为狂热、更为迷人的奥菲莉娅。（她整场都裸露着双腿，穿着单薄的芭蕾舞鞋。）”

从埃尔西诺回来后，费雯和奥利弗分别跟其伴侣坦白了他们之

---

① 皮格马利翁，暗指一个人只要对艺术对象有着执着的追求精神，就会发生艺术感应。

间的事。奥利弗在日记中写道，费雯6月16日午夜过后离开了家。他们一起搬到切尔西的杜罕姆寓所，那里成了他们在伦敦生活近20年的爱巢。由于霍尔曼和埃斯蒙德拒绝离婚，这让两个家庭又断断续续地延续了3年。霍尔曼希望费雯在他提出法律诉讼前做好决定。影星的生活在经济上和情感上都不稳定，而彼时奥利弗也尚未成为一个耀眼的偶像，但费雯愿意冒险。在费雯的一生中，利·霍尔曼对她始终保持着关心和尊重，并且经常在她危难之时伸出援手。葛储·哈特利成了费雯·丽的女儿苏珊娜的抚养人，并为她提供了费雯所不能给予她的稳定生活。

对于费雯来说，1938年是极为忙碌的一年。她在大门剧院领衔主演了《赛琳娜·布兰迪斯》。蒂龙·格思里对她的看法也有了转变，还让她在老维克剧院出演自己圣诞档期的影片《仲夏夜之梦》。但是，给她带来最大机遇的是，柯达借调她去出演由蒂姆·威伦执导、艾里奇·鲍默为五月花制片公司出品的《圣马丁斯巷》（美国版称为《伦敦的人行道》）这件事。

费雯扮演的莉比是其在两次世界大战期间演过的最为成功的角色。莉比是一名带着伦敦东区口音的流浪儿，能歌善舞，后被查尔斯·劳顿收留。作曲家哈雷·普伦斯看到她的街头表演后，把她打造成了伦敦西区的明星。莉比同时也是一个专业的扒手。她会不惜一切手段往上爬——包括利用其他人。其他演员和作者西蒙·卡洛把费雯扮演的莉比和露易丝·布鲁克斯在G.W.派伯斯特出品的影片《潘多拉之盒》中扮演的主角露露作了详细对比：“……莉比的内心是一种无政府主义，有着一定的危险性和不确定性，这和露露非常相似。她是一个精灵，一支警笛，一只有着锋利爪子和舌头的小猫，像猞猁一样。”影片由于鲍默的影响而有了一些德国表现主义的元素。

最为明显的一个场景是莉比独自在一间废弃的房子里跳舞——光影交错中，她仿佛是来自另一个世界的幻象。

《圣马丁斯巷》是费雯与雷克斯·哈里森搭档的第二部影片（第一部是1937年的《茶杯风波》，由维克多·萨维勒执导）。虽然他们"手都没握过"，哈里森承认自己爱上了他的女主角，奥利弗对此了然于心。奥利弗总会在费雯与哈里森同台表演时出现在片场，就像捍卫领土一样捍卫着自己的爱情。据饰演卖艺人康斯坦丁丹的拉里·阿德勒说，奥利弗和费雯会"一起消失在她的更衣室，而让她回来工作确实不太容易"。费雯喜欢和美国导演蒂姆·威伦一起工作，但她从来不和查尔斯·劳顿[①]多说一句话。这个人此前为了柯达的投资，竟然把"自己的妻子埃尔莎·兰彻斯特的名字从演员名单中画掉了"。

劳顿本是这部剧的明星，然而却被费雯抢尽了风头。除了伦敦东区口音，费雯扮演的莉比美丽、活泼、坚定，加之她的印加血统，这些人物特征让她在未来几年里持续走红银幕，她的表演也预示着她将大有所为。莉比志在扬名全球，想像嘉宝一样冲进好莱坞。1938年底，费雯也开始踏上自己的国际明星之旅。

---

① 查尔斯·劳顿，英国演员，毕业于伦敦皇家戏剧艺术学院。曾在伦敦、斯特拉福德、纽约等地演出莎士比亚戏剧。

▲ 1937 年蒂龙・格思里出品的《仲夏夜之梦》中，费雯・丽和罗伯特・赫尔普曼分别出演泰妲妮亚和奥勃朗。

第二章

乱世佳人

“不管斯嘉丽做过什么，她都是一个很有魅力的人。但她从来不是一个了不起的人……从很多方面说起来，她都不怎么令人钦佩。但她有一点却很值得钦佩，那就是她的勇气。她比我更有勇气。”

——1940 年费雯·丽接受《电影内幕月刊》采访时说

为了寻觅《乱世佳人》女主角的完美人选，大卫·塞尔兹尼克[①]进行了声势浩大的海选，这在当时堪称传奇。第二次世界大战在即，美国上下都像是中了玛格丽特·米切尔[②]的魔咒，沉浸在美国内战和重建时期（1861–1865）关于爱情、迷失与生存的史诗故事中。《乱世佳人》的原著小说《飘》于 1936 年 5 月出版后，如野火一般迅速蔓延开来，收到了来自大众和文艺评论界的诸多赞誉，并斩获 1937 年的普利策小说奖[③]。到 1939 年，在美国乃至全世界，几乎无人不知那个“伤风败俗”的斯嘉丽·奥哈拉[④]。

---

① 大卫·塞尔兹尼克，美国电影业巨擘，好莱坞黄金时期的标志性制片人。曾担任《乱世佳人》的制片人。

② 玛格丽特·米切尔，美国现代著名女作家。曾获文学博士学位，担任过《亚特兰大新闻报》的记者。1937 年她因长篇小说《飘》获得普利策奖。1939 年获纽约南方协会金质奖章。

③ 普利策小说奖，美国最著名的文学奖项之一，是根据美籍匈牙利人约瑟夫·普利策的遗愿设立的普利策奖中的一个奖项，只颁给美国国籍的作家。

④ 斯嘉丽·奥哈拉，《飘》中的女主角。原著中女主角的英文名是 Scarlett O'Hara，标准译法应译为斯嘉丽·奥哈拉，而国内最早的译本，将其译为“郝思嘉”，所以“郝思嘉”这个名字更为人熟知。

斯嘉丽是电影史上最炙手可热的角色，参与角逐的演员个个都是名人，竞演名单是名副其实的好莱坞名人榜。琼·克劳馥、贝蒂·戴维斯、凯瑟琳·赫本、拉娜·特纳、塔卢拉·班克黑德、宝莲·高黛、米里亚姆·霍普金斯和琼·贝内特都曾有传闻要出演这位桀骜不驯的南方美人。塞尔兹尼克也曾派人到美国南方去寻找“一位在大众眼中别具一格又神似书中斯嘉丽的女孩”，但最终无功而返。

这部电影受到米高梅电影公司大亨路易斯·梅耶（塞尔兹尼克的岳父）和金融家约翰·惠特尼（人称“乔克”）的支持。电影预算近400万美元，是当时制作费用最高的影片，赌注下得极大，容不得塞尔兹尼克在选主角时出一点儿差错。扮演斯嘉丽妹妹苏伦的伊夫林·凯耶斯回忆道：“大众希望让克拉克·盖博①来扮演瑞德②，而在选择斯嘉丽扮演者时很纠结。”盖博对于扮演痞子气的瑞德有不一样的想法，他不想演这个角色，因为感觉自己无法满足大众的期待，演不出瑞德应有的样子。他说，只要演出和小说有出入，书迷们就会发现。《乱世佳人》既可以成就一名演员，也可以毁掉一名演员，盖博作为米高梅电影公司名气最大的男明星，并不想冒险接这个角色。但最后，盖博还是妥协了。原因是塞尔兹尼克给了盖博5万美元，让他得以与当时的妻子瑞亚·兰厄姆离婚，并迎娶神经喜剧③女演员卡洛尔·隆巴德。1938年8月24日，塞尔兹尼克为他的瑞德作担保，从梅耶那里借了一笔钱。但是直到1938年12

① 克拉克·盖博，好莱坞著名男演员，曾获得过两次奥斯卡最佳男主角奖提名，两次金球奖最佳男主角提名，并获得第7届奥斯卡最佳男主角奖。一生出演多部作品，1999年，他被美国电影学会选为“百年来最伟大的男演员”第七名。

② 瑞德，《飘》中的男主角，国内最早的译本，将男主角的名字 Rhett Butler 译为“白瑞德”，因此提起电影中的两位主角，更多的称呼是“郝思嘉与白瑞德”。

③ 神经喜剧（Screwball comedy），喜剧电影的一种类型，兴起于美国大萧条时期，代表作有《一夜风流》等。

月 10 日，斯嘉丽的人选还是个未知数。就在那一天，塞尔兹尼克幸运地见到了费雯·丽。

费雯在 1960 年说道：“我要尝试出演《乱世佳人》时，所有人都说我疯了，但我的确想演，而且我知道我能拿到那个角色。”小说《飘》于 1937 年在英国出版，费雯像无数年轻女孩儿那样爱上了这本书，并立刻把目光投向了好莱坞。费雯在查令十字街的温德姆剧院演出《因为我们必须》时，曾给每位演员送了一本米切尔的小说作为开幕之夜的礼物，她还催促演员们都读读这本书。时任《观察家报》影评员的勒琼还清楚地记得他跟费雯和劳伦斯·奥利弗的河上之旅：他们乘着“金鹰号”大船南下，勒琼被报社派出采访并撰写电影《空前绝后》的幕后故事。

“我们谈到了《飘》，那是当时的畅销书，也是好莱坞的选角难题。奥利弗很随意地说他曾经想过出演瑞德。此时，费雯一下子站了起来，她大约有 5 英尺 2 英寸高（1.60 米左右）吧，因为激动而颤抖着。她很自信，雨水打在她的脸上，那一刻的她光彩夺目。‘拉里，’她说，‘你不能扮演瑞德，但我要演斯嘉丽·奥哈拉。’奥利弗笑话她，我也笑话她，每个听到这些话的人都笑话她。但是，她去了好莱坞，并且真的饰演了斯嘉丽。”

尽管费雯遇到很多困难，但她没有被击垮。她知道，她首先需要说服的人是塞尔兹尼克，她要让他相信她就是出演斯嘉丽的人选，然后她需要说服的是导演乔治·库克。很巧的是，《英伦战火》在美国放映时，库克见过费雯，只是没有什么印象。费雯非常清楚自身美貌的力量，她请自己的朋友——著名剧场摄影师安古斯·麦克宾

▲ 反复试拍影片开头的间隙，费雯·丽送水仙花给制片人大卫·塞尔兹尼克。

▲ 沃尔特·普兰基特为《乱世佳人》中的斯嘉丽·奥哈拉设计的三件衣服的手稿。

▲ 上图：《乱世佳人》剧组最年轻的群众演员黛安·费希尔请明星为她签名。

▲ 下图左：费雯·丽等着拍摄亚特兰大火车站著名的升降镜头。

▲ 下图右：《乱世佳人》幕后（1939 年）。

为她拍摄了一组迷人的肖像照，照片中的她装扮着斯嘉丽所有造型中最经典的一个造型。她想把照片寄给塞尔兹尼克，因为现在，她只需要一个合理的理由，就能前往加利福尼亚，然后重新登上舞台。

年轻导演威廉·惠勒的崛起为费雯带来了机遇。在惠勒的指导下，贝蒂·戴维斯凭借在《红衫泪痕》中扮演的朱莉·马斯登一角拿到了她的第二座奥斯卡最佳女主角奖座。惠勒来到伦敦，为塞缪尔·高德温改编的《呼啸山庄》寻找一位主演。他青睐的人选不是费雯，而是奥利弗，并想让他出演艾米莉·勃朗特笔下阴暗、忧郁的反派主角希斯克利夫。这个角色很了不起，奥利弗疯了才会拒绝，但想说服这位男演员还是很不容易。20 世纪 30 年代初，他星途遇挫，在受邀出演鲁宾·马莫利安于 1933 年拍摄的电影《瑞典女王》时，惨遭女主角葛丽泰·嘉宝拒绝，因而自尊心受到了伤害，不愿意再向电影之都进军。但他也不愿意离开与自己热恋的费雯，于是告诉惠勒，必须答应他一个条件才能演这个角色，那就是：费雯得和他演对手戏，出演女主角凯瑟琳·恩萧。这是一个强人所难的要求，凯瑟琳人选已定为梅尔·奥勃朗，但惠勒还是提供给费雯一个饰演伊莎贝拉·林顿这一配角的机会，而费雯回答道：“要么演凯瑟琳，要么我谁也不演。”惠勒上年纪后，觉得当时的对话很好笑：“我对她说，‘你看，费雯，你现在在美国还不出名，也许你将来能成为大明星，但现在还不是。一开始，你只能演伊莎贝拉’。当然，她后来的发展应了我的预言。”费雯看得出，尽管奥利弗有不少怨言，但他的确喜欢希斯克利夫这个角色。凭着特有的直觉，又用了一些技巧，费雯最终说服了他出演男主角。

1938 年 11 月 5 日，在费雯 25 岁生日那天，奥利弗从南安普敦启程。不到一个月，费雯也出发去找他了。

奥利弗在不经意间帮助费雯走出了实现梦想的关键一步。12 月 10 日晚上，奥利弗带她去见他的经纪人迈伦·塞尔兹尼克。后来发生的事在好莱坞有诸多版本，以至于分不出哪些是事实，哪些是虚构了。总之，迈伦完全被费雯的美貌征服了，于是自己驾车将这对情侣送到了卡尔弗城的塞尔兹尼克国际电影制片厂。在那里，电影《乱世佳人》的开头部分已经开拍了。就在雷电华电影公司先前拍摄《金刚》中的史诗级场景“燃烧的亚特兰大”的取景地，大卫·塞尔兹尼克终于和他的斯嘉丽相遇了。他后来一再向人讲起他们邂逅的那一幕——惊鸿一瞥，浮生若梦。

塞尔兹尼克的妻子艾琳说这是个真实的故事，尽管此前没有任何迹象表明女演员要和制片人相遇。时至今日，这场偶遇依然让人感叹不已。

玛格丽特·米切尔也被费雯的相貌征服了。“当然，我是这个世界上唯一一位知道斯嘉丽到底长什么样的人，但这位女孩看起来有足够的魅力饰演这一角色，”她在给塞尔兹尼克的一封信里写道，“她是我见过的最具爱尔兰特色的面孔，而且眼神里透着一股‘邪气’。”然而，不同于道格拉斯·蒙哥马利和莱斯利·霍华德在库克执导的试镜中的表现，费雯很明显不仅仅是长相酷似斯嘉丽的女主角。与截至那时通过试镜而待选的其他女演员相比，费雯证明了她不仅仅是在扮演斯嘉丽，她会让自己成为斯嘉丽。

导演库克在 1938 年的年度圣诞宴会上把费雯拉到一边，告诉她，他们在一千多人中选定了她。为了出演这个角色，费雯不得不推掉先前的一些演出计划，包括要在迈克尔·鲍威尔和蒂姆·威伦执导的彩色魔幻片《巴格达大盗》中出演公主的计划。此外，她还被迫

▲ 克拉伦斯・辛克莱・布尔为费雯・丽和克拉克・盖博拍摄的宣传海报。

▲ 在费雯·丽这张迷人的宣传海报上，她穿着斯嘉丽与瑞德在新奥尔良度蜜月时的美裙。

▲ 上图：尽管拍摄过程中遇到些困难，费雯·丽和克拉克·盖博之间还是保持了不错的关系。

▲ 下图：克拉伦斯·辛克莱·布尔拍摄的照片。

签了一份合同，要求她在 1946 年前每年必须出演两部塞尔兹尼克的电影和一部柯达的电影。她出演《乱世佳人》6 个月的薪水是 25000 美元，而这只是克拉克 · 盖博片酬的一小部分。奥利弗控诉制片人的剥削行为，结果却被人责备说他想自私地阻止费雯出演斯嘉丽。塞尔兹尼克指责他说，能演这种一生难逢的角色已经足够补偿她了，他才不会傻到为一个不知名的女演员支付高昂的薪酬。合同条款很不理想，费雯和奥利弗还担心接受合同会影响他们两人的关系，因为奥利弗没有长期留在好莱坞的打算。最终，费雯的坚定战胜了犹豫。她在 1949 年坦言："长期合同是无益的，我只签过那么一次，因为我必须签，为了演斯嘉丽。"她已经走了很远，无法眼睁睁看着机会从指缝间溜走。于是她就那样一头扎了进去，像斯嘉丽一样义无反顾。

一位英国女孩儿被选中出演典型的美国角色，消息一出，好莱坞上下一片哗然。《洛杉矶时报》的专栏作家赫达 · 霍珀说这一决定是"荒谬的"。一位愤怒的读者凯 · 克莱门特 · 派德尔寄来一封信，那封信与其说是在表达大众对电影文化的感受，倒不如说是在表达美国右翼孤立主义者的态度。霍珀借这封信全方位地表达了自己的感受："难以置信，一位打算向一部电影投资数百万美元的制片人，竟然会犯下这么大的错误……费雯 · 丽一直住在英国，呼吸着英国的空气。凡是信任她能演好内战时期的美国女性的人都愚不可及，这简直是对美国女演员和观众的羞辱。"这两个女人都预测观众会远离影院以表达自己的不满。

塞尔兹尼克早就想到会有此风波，他立刻与公关负责人罗素 · 波德维尔一起着手将他的"新发现"从一位默默无闻的英国演员包装成光彩四溢的好莱坞大明星。当然，这个过程对费雯来说并不新鲜，

▲ 电影最后一幕中斯嘉丽返回塔拉的海报。

因为1935年她与柯达签约时就有过相似的经历。这么做的目的是为了巩固她在公众心中“理想的斯嘉丽”的形象。塞尔兹尼克国际传媒官方宣传道：“丽小姐不论外表特质还是血统都和米切尔小姐书中的女主角一模一样。她身高5英尺3英寸，体重103磅，长着一双绿色的眼睛，棕色头发中有一丝红色，她甚至拥有与斯嘉丽一样的高颧骨。”热心的电影爱好者阅读了由工作室刊发的影迷杂志，得知费雯的父母分别是法国人和爱尔兰人，跟斯嘉丽一样。一些家庭背景的细节被夸大了，某些情节甚至是编造出来的，但这无伤大雅。因为运用一些手段是造星过程中必不可少的，而且从公众反应来看，费雯已然是这类游戏的行家里手。

才过了几个星期，费雯出演《乱世佳人》的热情就开始减弱了。在伦敦，她和奥利弗的恋情尽人皆知，柯达从一开始就维护这段恋情，借他们的浪漫爱情从《英伦战火》和《二十一天》中获利。但是，在好莱坞，事情就不一样了。塞尔兹尼克不愿冒险容忍任何可能对他的影片造成负面影响的公众宣传。因为害怕出现这对小情侣分手的传言，所以他禁止两人住在一起。奥利弗不想在拍片空档干等，于是在1939年3月启程去了纽约，和凯瑟琳·考奈尔在百老汇的《没有喜剧的时光》中演对手戏。

一到东海岸，奥利弗就给费雯的妈妈写了一封信，他说，做出异地工作的决定很难，但他相信这个决定是正确的。

1939年的整个春天里，封闭的《乱世佳人》片场中经常传出混乱的消息。从来就没有完整的剧本，直到最后一刻才知道是什么场景，毫无连续性等等问题。“很难，真的。”费雯在6月份接受采访时对记者保罗·哈里森坦言，“真的很艰难，我日复一日地来到这里，却不知道该做什么，到底该表现出什么样的情绪，也没有任何排练。”

塞尔兹尼克是臭名昭著的安非他命[①]瘾君子，他每天靠大量地吸烟吃药来维持精力。他事无巨细地插手制片的各个方面，每天都焦躁不安地发脾气。

对于盖博这样的大明星来说，他的戏服显然不够。他们在加利福尼亚南部山上建造塔拉种植园用于拍摄，代替书中的佐治亚州。每过一天，影片拍摄进度就落后原定日程一些，而且预算已经超支了。

面对越来越多的混乱，唯一让费雯感到欣慰的是她和乔治·库克相处得十分愉快。库克是出了名的“女人的导演”（他是同性恋，且与许多女演员是好闺蜜），他花了很大精力来指导费雯和奥莉薇·黛·哈佛兰的表演。盖博就演得不太顺利了，同时又缺少库克导演的指导，这导致他十分不安。“对克拉克来说，演好瑞德是一项重担，我很理解他的困境，”七十多年后，奥莉薇·黛·哈佛兰回忆道，“另一方面，费雯天生就是演斯嘉丽的料，她能精准而完整地理解这个人物。我觉得，她一刻都没有经历过克拉克的那种不确定感。”

塞尔兹尼克的私人秘书玛赛勒·莱布温回忆了影片开拍的几周里费雯和盖博之间的紧张关系。

“盖博总是与那个活力四射的女孩子作对。他觉得那是一部女人的影片，也就是斯嘉丽·奥哈拉的个人影片。他说，‘我是一位大明星！我可不想做某位女爵士的副手’。”塞尔兹尼克也开始将导演库克看成影片的不利因素。他在细节刻画方面的确很出色，但是塞尔兹尼克认为他“缺乏鸿篇巨制的感觉，缺乏那种视野，那种这部作品该有的气息”。影片拍摄三周之后，他要求库克离开，转

---

① 安非他命，一种治疗气喘、睡眠失常（嗜睡症）与过动症状的药物，也可提神并防止疲劳，但久服成瘾。

▲ 上图：1939 年，费雯·丽和她在好莱坞的住家秘书桑尼·拉希在一起。桑尼既喜欢费雯·丽，也喜欢劳伦斯·奥利弗，1950 年夫妇二人重返好莱坞分别拍摄《欲望号街车》和《嘉丽妹妹》时，她同时为二人服务。

▲ 下图：1939 年，费雯·丽为盲文版的玛格丽特·米切尔小说《飘》签名。

▲ 沃尔特·普兰基特为费雯·丽设计了这条长裙，供她在 1939 年 12 月亚特兰大的《乱世佳人》首映式穿着。

而请维克多·弗莱明执导。弗莱明说话很难听，极其大男子主义，在米高梅电影公司执导过《绿野仙踪》，而且碰巧还是盖博最好的朋友之一。场面忽然逆转，费雯因此陷入深深的不安之中，她写给那时在伦敦的利·霍尔曼说，库克曾经是她“乐意拍片的最后希望”。

费雯和新导演之间的关系最初很紧张。弗莱明以执导《试航》和《红尘》这样的动作片和大制作闻名，而且这两部电影的主角都是克拉克·盖博。新导演缺少库克的敏感，他希望他的斯嘉丽演成一个典型的被惯坏了的女人，并下定决心要激发费雯性格中的那一面。“放开了演！”每回她在探索人物性格向他求教时，他都会这么回应。但是，费雯知道，表现出斯嘉丽悲悯的一面是多么重要。她的搭档或许已经是好莱坞最受欢迎的男演员，但说到底，影片的成功更取决于她的表现，看她能不能把观众留在影院里长达 4 小时。她带着米切尔的书做参考，以便表演出连贯一致的人物形象，而且她还背着弗莱明，利用周日去找库克辅导。“有一天，她来这里，游了个泳，然后躺在沙发上睡着了，睡得很沉。”库克在接受盖文·兰伯特采访时说，“她就那么睡了几个小时，然后醒过来，咯咯地笑，并对我说‘昨天我在影棚表现得真像个疯女人’。他们那天尝试演出那场斯嘉丽跟艾希礼的对手戏，费雯简直把可怜的维克多·弗莱明搞疯了。这件事也说明了她是一个率真的人，演戏如此，做人亦是如此。”

女演员和导演之间的争执常常让弗莱明在拍摄地大发雷霆。有一次，他直接对费雯说要把她的车开下悬崖。费雯很有主见，她坚持了自己的立场。她把那股韧劲融入了电影中。正如塞尔兹尼克的传记作者大卫·汤姆森后来写的那样，费雯和弗莱明之间的紧张关系，使得影片中的斯嘉丽“气势汹汹，更加坚韧、更带邪气也更具危险性——这些都对表演有利，而且她从未失去不羁的乔治·库克在她身上培养出的温柔”。

奥利弗不在身边，费雯就能集中精力尽快完成工作，她经常超时工作，逼迫自己做到极致。虽然她在影片中保持了她的形象，但剧组其他人越来越能够看出她的疲惫。奥莉薇·黛·哈佛兰回忆费雯的韧劲：“费雯非常专业，总是有备而来。不仅台词烂熟于胸，而且从不迟到。她比剧组其他人工作的时间都长，有时晚饭后还要拍摄。她这样做是为了缩短工期，好尽快到纽约与拉里团聚……那时的工作日是从周一到周六。我休了四周假，返回工作室时，看到舞台上大家正在收工。费雯从我身边经过去化妆间，我几乎认不出她了。她消瘦了那么多，身体和精神看上去都非常疲惫。”

桑尼·拉希是工作室指派给费雯的秘书，她在《乱世佳人》拍摄期间跟费雯住在一起，亲眼见证了这位女演员的挣扎。“可怜的小费雯，她的心在纽约，却要努力把精力放在影片上，真是太痛苦了。”她在 6 月份给奥利弗的信中写道，“有几次我真的以为她要疯了，有一天她严肃地告诉我说她会疯，我已经开始相信她了……夜以继日地工作，她从不抱怨，为了这部该死的电影，她快把自己累死了。”唯一能让她提振精神的东西就是奥利弗每天寄来的礼物、信件和打来的电话。

4 月 17 日，费雯告诉塞尔兹尼克说她怀孕了，制片人为她安排了流产手术，但手术前她发现并没有怀孕。几周之后，奥利弗告诉她，他想再待一段时间，拍摄《没有喜剧的时光》的续集，伤心而疲惫的费雯当晚服下了过量的安眠药。

一大早，奥利弗接到桑尼打来的紧张的电话，他疯狂地跨越整个国家来看她。桑尼安慰他说这是一场意外，费雯没有想到药效这

▲ 1939年12月28日，费雯·丽、劳伦斯·奥利弗和奥莉薇·黛·哈佛兰及其未婚夫乔克·惠特尼在《乱世佳人》洛杉矶首映式上同框。

么强，但奥利弗坚信她是故意这么做的，因为她很烦躁，她想反抗。他给费雯写了一封长长的情书，结尾是“你把所爱之人带入地狱的舞池，太淘气了……以后不要向普通的烦恼低头”。塞尔兹尼克意识到费雯深感不安的深层次原因后，安排她和奥利弗一起到堪萨斯城度过一周。尽管这个假期只是让她在繁重的工作中得以短暂地喘息，但已足够重燃她心中的激情，并坚持到影片拍摄结束之时。每晚她从工作室回到家里，都会拿支笔在日历上画掉一天，同时长叹一口气。

6月27日拍摄完最后一个场景后，费雯登上了前往纽约的航班，然后奥利弗就在那里向她求了婚。她不想继续生活在斯嘉丽的皮囊之中了。“我就想要好好休息一下，”她对《电影内幕月刊》杂志的记者说，“我觉得自己的心智又恢复正常了。在5个月的时间里，除了休假的那5天和每周周日，我都必须扮演斯嘉丽，从早9点演到晚9点，然后疲惫地躺在床上却睡不着。我体内每一根神经都在吱吱作响，大约在最后一个月，我必须依靠服用营养品维持体力。最后我简直疯了，甚至可以进疯人院了……我只想知道什么时候可以把觉补上。”

她与《乱世佳人》的纠葛尚未结束，但她没有浪费一点儿时间，立刻将全部精力集中投入到下部电影的筹拍中。

塞尔兹尼克延续了他将经典小说改编成电影的爱好，继《飘》之后又改编了达夫妮·杜穆里埃的哥特式神秘小说《丽贝卡》[①]。同一年，他从英国请来阿尔弗雷德·希区柯克，让这位新导演执导这个年轻女孩儿嫁给英俊又忧郁的康尼士庄园主人，到头来却发现他

① 即《蝴蝶梦》。

的妻子还活着的故事。最初，费雯对这部影片没什么兴趣，但得知有和奥利弗演对手戏的机会，她高兴地跳了起来，并答应出演神秘的麦克西姆·德温特。“费雯下定决心要和奥利弗演对手戏。”艾琳·梅耶·塞尔兹尼克在自传中写道，“她是一个用情至深的女人，所有那些让她成为斯嘉丽最佳人选的特质此刻都成了演这个角色最不利的因素。”她被允许参加两次试镜，奥利弗也有意无意地为她做宣传，但后来她还是承认自己不适合这个角色。每个人，包括希区柯克，都同意这一点。费雯的个性太强了，不可能饰演这么一个胆怯又缺乏魅力的无名角色。

在回顾这部电影时，希区柯克在一场采访中透露说，他认为费雯更适合出演无所不在的主角人物丽贝卡：“费雯·丽绝对适合演丽贝卡，但丽贝卡从来没有在影片中出现过，费雯也一样。对那些了解奥利弗和丽的真实生活的人来说，这的确会让人产生一些幻想。”

1939 年夏天，费雯和奥利弗以及她的母亲在欧洲度完假，心情愉悦地乘船回到美国，却收到塞尔兹尼克一封令人沮丧的电报。她的下一部电影要为米高梅电影公司工作了，而且德温特太太的角色已经给了琼·芳登[①]。

费雯不是特别期待《乱世佳人》的首映式。她其实很讨厌首映式，她对记者罗杰·卡罗尔说：“我想离开 100 万英里那么远，这样就不必疑惑观众的掌声有几分是给电影的，几分是给辉煌的事件的，又有几分是给演员的。”她清楚地知道影片的成功很大程度上取决于她的表演，这样的责任对任何成名影星来说都是重担，更何况是一个名不见经传的演员。塞尔兹尼克犹豫着，不想让奥利弗陪费雯

① 琼·芳登，好莱坞著名女演员，曾获得两次奥斯卡最佳女主角奖提名，并获得第 14 届奥斯卡最佳女主角奖。主要作品有《蝴蝶梦》《深闺疑云》《简·爱》等。

▲ 因为成功扮演了斯嘉丽·奥哈拉，费雯·丽成为第一位获得奥斯卡最佳女主角奖的英国女演员。

去首映式，这一决定加剧了这位女演员的焦虑。虽然媒体已经知道她和奥利弗是一对儿，但塞尔兹尼克依然很谨慎，他不想让人们在公开场合看到他们在一起，直到影片票房大获成功，他的想法才有所改变。而当时费雯直接拒绝了单独前往的要求，制片人也无可奈何，最后只好屈服了。

圣诞节前两周，剧组所有成员，除了莱斯利·霍华德（回英国服兵役）和哈蒂·麦克丹尼尔（美国南方那时还实行种族隔离法），均一起前往佐治亚州参加了盛况空前的首映活动。从费雯跟奥莉薇·黛·哈佛兰及塞尔兹尼克在亚特兰大登上飞机的那一刻起，费雯的举手投足都开始像一位明星了。当她向媒体挥手致意时，新闻剪辑中是一位光彩夺目、端庄大气的年轻女子。而奥利弗总是处于台下，保持低调，装作是来为即将出演的《丽贝卡》做宣传的。

1939 年 12 月 15 日，从纸张到银幕，历时三年的《乱世佳人》的首映仪式终于迎来了盛大的开幕。据《时代》杂志报道，演员们乘车驶往剧场时，有 30 多万人齐聚亚特兰大市著名的桃树街。在进入剧场入座之前，人们邀请几位主要人物发表演讲，并为电影说几句话。米切尔感谢公众对她和她“可怜的斯嘉丽”这么友好，盖博则请影迷离他远一点儿，这样他才能像一位观众而非一位演员那样看到电影。

费雯回顾了她自己从伦敦到洛杉矶的心路历程，还有为演出富有活力的斯嘉丽而充满挑战的 6 个月，并热泪盈眶地表达了她对南方人热情好客的感谢：“女士们、先生们，今年我在桃树街度过了很长一段时光，现在我站在这里，感觉就像回到了家。你们的热情友好，你们诚挚的欢迎铸就了我最美好的回家历程，我向你们每个人问好，全心全意表达我的感谢！”

▲ 1940年奥斯卡颁奖礼上，获奖者齐聚一堂，拍下了一张难得的彩色照片。从左至右分别为：艾琳·梅耶·塞尔兹尼克、乔克·惠特尼、奥莉薇·黛·哈佛兰、大卫·塞尔兹尼克、费雯·丽和劳伦斯·奥利弗。

在12月15日的那个夜晚，亚特兰大剧场里雷鸣般的掌声已足够让费雯明白，她的表演超出了公众的期望，评论家们也一致对影片赞誉有加。“无论从艺术上，还是从自然条件上来说，她都是为这个角色而生的，无法想象别的女演员能演得像她一样。”“现在，我要祝贺塞尔兹尼克以及所有当初选择费雯·丽的人。表演无与伦比，难以置信……她不是在扮演斯嘉丽——她就是斯嘉丽本人。她的表演不是表演，完全是本我的展现。”

1940年2月29日，当电影界的精英们来到国宾大饭店参加第12届奥斯卡颁奖典礼时，费雯获得奥斯卡最佳女演员这一奖项的事已不可动摇。那一晚，好莱坞出现了许多个“第一次”。《乱世佳人》前所未有地斩获了十项大奖，包括最佳影片、最佳导演、最佳编剧等。

哈蒂·麦克丹尼尔成为第一位非洲裔奥斯卡奖得主，因为她出色地扮演了斯嘉丽的奶妈。费雯穿着一件由顶尖女服装设计师艾琳·吉本斯设计的、独一无二的印花礼服来到现场，浑身散发着自信的光彩。大家都认为她领先于其他女演员，获奖也就不足为奇了。她凭借对斯嘉丽的精彩演绎，打败了葛丽泰·嘉宝、贝蒂·戴维斯、艾琳·多纳和葛丽亚·嘉逊，并成为第一位获得奥斯卡最佳女主角奖的英国演员。

费雯后来认为出演《乱世佳人》对她的人生具有特别的意义。她证明了，只要角色给予她足够的空间让她发挥，她就能演好。这部电影还让她在职业生涯中得以凭借才华得到与凭借美貌获得同样多的赞誉。就是这一次出演，让她在文化意义上达到了一种崭新的高度，这是同时代其他英国女演员都无法企及的。她表演的斯嘉丽·奥哈拉具有超出想象的意义。首先是在美国，然后是在英国和其他地区，她通过对斯嘉丽这一角色的塑造成了全世界面对战争、贫困、压迫

▲ 1940 年 2 月 29 日，骄傲的制片人塞尔兹尼克在洛杉矶国宾大饭店分享费雯·丽的奥斯卡荣耀。

而不屈服的光辉楷模。

那时的费雯·丽只有 26 岁，但她发现自己已然成为好莱坞炙手可热的明星。

本来掌声不绝于耳，可是后来，批评家们开始疑惑她到底有没有走出斯嘉丽的影子。“费雯·丽会随风而去吗？”《洛杉矶检查报》的哈里特·珀森斯抛出了这个问题。海外人士同样疑惑费雯会不会一直是“回音小姐”，他们还预言如果她不努力突破角色模式，就会毁掉演艺生涯。

从个人层面来说，费雯的成功成了奥利弗嫉妒的源头。因为，他虽然从惠勒的指导中学会了更好地欣赏电影表演，但面对摄像机却从来不如费雯那样自然。然而，费雯坚信奥利弗是天生的好演员，而自己的才华也是拜他所赐。从 1937 年开始，他们在一起工作，帮助提高她的演技。“在《乱世佳人》上映之后，费雯成了电影界最‘热’的明星，她真的是一个大明星。”乔治·库克说道，“然而，在整个过程中，她对奥利弗的职业态度一点儿也没有改变……他们的相对位置也没有发生任何改变。费雯始终觉得，他是有才华的大明星，而她是有前景的、年轻的、不重要的女演员，还没有取得什么成就……她总是认为他了不起并且很重要，无论发生什么，她的想法都没有改变。我想，她之所以努力寻求发展，就是为了与他比肩同行。”

那时，奥利弗对成功的定义根本没有包含电影界的明星效应。影院是导演的媒介，他相信，伟大的表演只有通过与观众直接互动才能实现，而绝不会诞生在剪辑室的拼接里。如果他和费雯认真对待他们的事业，就不会花那么多时间在电影布景上，他们需要尽快在舞台上重塑自我。

▲ 典礼后，费雯·丽和劳伦斯·奥利弗在比弗利山庄的家中拍下了这张照片。费雯·丽穿着由艾琳·吉本斯设计的独特礼服，戴着劳伦斯·奥利弗送的梵克雅宝的黄宝石项链。

第三章

3

战争年代

我深以为，任何一个身在美国的英国人，只要能在这特殊时期发挥一丁点儿作用，都应该回到英格兰的大地上。

——费雯·丽，1941 年

茂文·勒鲁瓦[①]在回顾拍摄 1940 年版《魂断蓝桥》的情景时，总是感慨万千地忆起费雯，因为她“一直说这是她人生中最美好的经历”。《魂断蓝桥》是一部带有自传性质的电影，剧本由罗伯特·E.舍伍德[②]编写。故事发生在第一次世界大战期间的伦敦，讲述了一个士兵爱上一个舞蹈演员，最终天不遂愿，女演员迫于无奈沦为妓女的悲剧故事。这部影片于 1931 年初登银幕。当时的环球影片公司由著名的恐怖片导演詹姆斯·怀尔掌舵，他拍摄的影片无懈可击，并且能够巧妙地处理争议性主题，因此该电影在业界备受赞誉。《魂断蓝桥》的电影版权在 1939 年被米高梅电影公司收购，路易斯·B.梅耶渴望利用《乱世佳人》的声誉再获收益，他认为这对费雯来说也是有利无害的。

据说编剧塞缪尔·N. 贝尔曼曾想要为了她和奥利弗而修改影片

① 茂文·勒鲁瓦，美国电影导演、电影制片。执导过《出水芙蓉》《魂断蓝桥》《驾梦重温》等电影。

② 罗伯特·E. 舍伍德，美国剧作家。曾先后四次获得普利策奖。

▲《乱世佳人》上映后，费雯·丽成为好莱坞最炙手可热的女星。

剧本，让二人担任男女主演。当时费雯未能饰演丽贝卡一角，如今能得到这个与未婚夫合作的机会，她十分开心。但是在另一边，梅耶却另有打算。当奥利弗在《傲慢与偏见》中饰演达西时，费雯恳求制片人让她扮演剧中的伊丽莎白·班奈特。她猜测琼·克劳馥可能会出演《魂断蓝桥》，又或者梅耶还可以找别的英国演员饰演达西，这样奥利弗就能饰演罗依·克罗宁一角，而她饰演玛拉·莱斯特，这样他们就能一起主演《魂断蓝桥》了。然而事情未能如愿，最后葛丽亚·嘉逊替代她成了《傲慢与偏见》的女主角，而费雯则与曾在《牛津风云》中合作过的男演员罗伯特·泰勒重逢了。这种"屡见不鲜的角色分配不当"激发了她对自己职业生涯缺乏掌控感的愤怒。"我担心自己所做的都是枯燥乏味的工作，"她在给利·霍尔曼的信中写道，"因为我无权选择发生在自己身上的事情，或者我应得的待遇，我只能一味接受。"

然而，拍摄开始不久，费雯便发现这部作品比预想的美妙得多。与维克多·弗莱明相比，勒鲁瓦导演犹如新鲜空气一般令人充满活力。他们一直尊重彼此的想法，在快节奏的拍摄中共同努力。她喜欢勒鲁瓦，同时更欣赏另一位导演范德克。因为范德克很早就站在摄像机后面开始拍摄，并且能够在大多数导演还在酝酿情绪的时候就完成一天的工作。费雯与泰勒也相处甚欢，泰勒还盛赞她帮助自己提高了演技。

多年以来，《魂断蓝桥》一直被传记作者看作是费雯演艺生涯中重要的一笔。这是一部颇受欢迎的电影，情节丰富有趣，但可能不怎么适合"斯嘉丽"。然而，费雯坚信能令表演者真正成长的唯一途径就是尽可能多地扮演不同的角色，正是通过这些机会，她的演技才能得到锤炼，从而使自己走出《乱世佳人》给她设定的框架。

电影中，她饰演的玛拉犹如精灵般在伦敦的街道上游荡。在电影的高潮场景中，她在滑铁卢车站徘徊，向刚从前线归来的士兵们致意。忽然，她在人群中认出了罗伊，而她本以为他早在战争中死于非命，就在此刻，镜头戛然而止。费雯微妙的神情令人看了心碎，此处无声胜有声。时至今日，这个镜头仍是费雯留给我们的最凄美的画面之一。

不在镜头前忙碌的时候，费雯将大部分空闲时间花在陪伴奥利弗写《罗密欧与朱丽叶》的剧本上。1939 年 9 月 9 日，内维尔·张伯伦发表战争宣言，由此费雯对未来的一切计划都被打乱了。对她来说，已经没有时间去思考演艺生涯了。“所有的一切似乎都变得微不足道。当战争袭来时，即使是表演事业也都显得无足轻重。”费雯在 1940 年说道。战争将会带来翻天覆地的变化，于是她和奥利弗把目光投向了英格兰，开始制订回国计划，并寻找合适的工作。奥利弗的朋友达夫·库珀就任于伦敦的新闻部，他建议好莱坞的英国演员最好留在加利福尼亚，这样才会更有助于未来的发展。后来，导演乔治·库克举荐他们出演《罗密欧与朱丽叶》，并在美国各地巡回演出，这对于当时的费雯夫妇来说无疑是走出困境的最佳途径。

然而，塞尔兹尼克不愿意让费雯参与演出，他认为在《乱世佳人》上映不久之后让费雯出现在戏剧中对他的投资不利。但是，乔治·库克的这个计划似乎万无一失。美国文化以电影为中心，只要能够出演，她和奥利弗就有机会证明他们带来的文化效应。同时，他们也确信自身电影偶像的耀眼光环会吸引巨额资金。自从《乱世佳人》首映，两人宣布婚约以来，他们之间玫瑰色的浪漫爱情对公众的吸引力就更不用提了。“当时他们在热恋中，”女演员奥莉薇·黛·哈佛兰回忆说，“我觉得费雯和奥利弗相互迷恋。他们都极具魅力，是一对非常引人注目的情侣。”

受到表演机会的鼓舞，1935 年，奥利弗在老维克剧院饰演一位颇有男子气概的罗密欧，并身兼演员、导演和制片人三个职务。在一波乐观主义的浪潮中，他们自己投资了 9.6 万美元。费雯以特有的热情投入到朱丽叶这个角色的演出中。奥利弗坚信，她会把朱丽叶一角演绎得淋漓尽致。“丽小姐身上洋溢着青春的活力。乐而不淫，哀而不伤。”他在接受杂志《现代电影》的采访时说道，“她会令每个人都感到惊喜。”

该剧于 1940 年 5 月在旧金山公演，全场座无虚席，然而业内对这部剧的评论却褒贬不一。不久后，问题便暴露了，该剧的制作无法达到预期。戏剧预订排得很满的部分原因是之前的宣传透露给观众，他们会看到一对真正的情人在公开场合亲热。然而，观众们最终看到的却是漏洞百出的布景以及奥利弗夫妇缺乏天赋和气场的表演。（但后来，他们正是凭借这两点特质成为英国最受欢迎的戏剧搭档的。）“上周，在曼哈顿历史上最为闪亮的首演夜晚，观众们观赏了《罗密欧与朱丽叶》，但是这部戏瑕疵甚多，简直是一场灾难。”《时代》杂志如是评论道。在芝加哥的招待会遇冷后，这部戏剧继续进军纽约。“人们起初很热情，但最后一场结束后，来与我们见面的观众却寥寥无几。”费雯回忆道，“早晨我们看到了人们对这部剧的评论，这对我们来说是沉重的打击。之前我已经让人把酒送到酒店准备庆祝，但看到评论的时候我就知道我们已经住不起酒店了。于是我下楼告诉经理我们要在当天离开。”

这部剧唯一获得称赞的是费雯的表演，并未像夫妇两人最初所预期的那样两人可以获得一致好评。她的外表十分契合朱丽叶这一角色，她为表演所做出的努力也受到了赞赏，但是百老汇经验丰富

▲ 拉斯洛·维林格尔为米高梅公司拍摄的明星宣传海报，这是费雯·丽在 1940 年的经典造型。

的专栏作家觉得她缺乏一种有力诠释莎士比亚式浪漫台词深度的经验。该剧失败的症结在于奥利弗所承担的责任远远超出了他的能力。在批评家们的眼中，他们不过是“削尖脑袋想进入大剧院的小电影明星”。正如费雯的朋友，前记者拉迪·哈里斯后来所说的那样，“这部戏像铅球一样沉重”，这对夫妇也因此失去了他们所有的积蓄。

失败的苦楚令人难以忍受。费雯和奥利弗一直滞留在美国，境况窘迫，重返英格兰也似乎成了遥不可及的梦想。直到1940年夏天，他们收到了亚历山大·柯达发来的电报。战争爆发之后，这位激进的制片人没有回到伦敦，而是选择留在好莱坞，督导《巴格达大盗》最后一幕的完成。他也因此被英国电影界视为叛徒。柯达不想再让自己和祖国疏离，于是他开始执导一部亲英的宣传电影，以证明对祖国的赤诚之心。柯达延续了制作史诗剧的宏伟风格，以海军上将霍雷肖·纳尔逊勋爵和社交名媛艾玛·汉密尔顿之间著名的爱情故事作为题材。他将这部剧命名为《汉密尔顿夫人》，并让奥利弗和费雯担当男女主角。费雯永远无法忘记柯达的慷慨相助：“战争期间，我在好莱坞扮演汉密尔顿夫人的时候，身上已经没多少钱了，这时柯达给了我一笔奖金。多亏他救急，我才能把母亲和六岁的女儿苏珊娜送往加拿大逃避战火。像他一样慷慨的制作人恐怕没有几个。”

1940年8月30日，在影片即将开拍之前，费雯和奥利弗在位于美丽的加利福尼亚圣巴巴拉的圣伊斯德罗庄园里举行了一场秘密的午夜婚礼。他们之前告诉过媒体，等过一段时间他们各自处理好自己的婚姻问题后就会结婚，但是两人突然间做出了私奔的决定，这令费雯自己都有些措手不及。“事情一结束，我就马上给你发电报了。”费雯于9月4日写信给前夫利·霍尔曼时说道，“我要是知道会发生这种事，就会提前写信给你了。”事先知道这事的朋友

▲ 上图：拍摄《魂断蓝桥》和《傲慢与偏见》的间隙，费雯·丽和劳伦斯·奥利弗在阅读《罗密欧和朱丽叶》的剧本。

▲ 下图：1940 年 5 月，费雯·丽在《罗密欧与朱丽叶》排练期间进行的宣传拍摄。

只有罗纳德和他的妻子贝尼塔·科尔曼，以及公关人拉塞尔·伯德韦尔。告诉拉塞尔是为了拖延新闻发布会的召开。加森·卡宁[①]和凯瑟琳·赫本分别是两人的伴郎和伴娘。“我真的不太明白费雯和奥利弗是怎么想的，”凯瑟琳告诉亚历山大·沃克[②]道，“但我还是去了，加森和我坐在奥利弗的帕卡德车的后座，奥利弗开着车，费雯挨着他坐在前排。我记得途中他们两人一直很愉快，气氛也很融洽。”之后，科尔曼一行人将游艇借给他们，这对新婚夫妇乘着游艇前往圣卡塔利娜岛的阿瓦隆湾，开始了他们的蜜月旅行。

费雯和奥利弗费尽心思地确保他们当天的婚礼没有公之于众，希望因此渐渐被人淡忘。第二天，他们躺在甲板上享受夏末凉爽天气的同时，也一直留心着新闻公告。事实证明，拉塞尔·伯德韦尔的保密工作做得很好。那天晚上，当他们终于听到收音机里报道的新闻时，都有一种如释重负之感。两人的婚姻在公众眼中已名正言顺。随着岁月的流转，他们的爱情故事也成了一段传奇佳话。

《汉密尔顿夫人》是夫妇两人一起出演的第三部电影，也是最后一部。用历史学家莫莉·哈斯克尔的话来说，这部影片最能“封存永恒的渴望，对他们和观众来说，都是浪漫幻想的首选，是艺术创造出的‘真相’，且赋予了其在经典好莱坞电影中最有力的流行形式”。为费雯写传记的作者们都提到了她不同的表演风格，并将此作为奥利弗夫妇在演艺道路上产生分歧的隐秘原因。然而，真正的罪魁祸首其实是战争。柯达试图同时吸引好莱坞的观众和英国的观众，从而多方获利。奥利弗的表演风格源于纪实的现实主义运动，

---

① 加森·卡宁，美国演员、编剧兼导演。主要作品有《亚当的肋骨》《未婚妈妈》《婚姻趣事》等。

② 亚历山大·沃克，英国著名传记作家、电影史学家、电影评论家，著有《费雯·丽传》等。

▲ 费雯·丽和劳伦斯·奥利弗于 1940 年出席在风城芝加哥举行的《罗密欧与朱丽叶》新闻发布会。该剧在芝加哥遇冷。

该运动在很大程度上左右着 20 世纪 40 年代的英国电影业。根据传记作者安东尼·霍尔登的说法，奥利弗意在用较多的心理活动来挖掘他出演的角色，他认为，由于影片的潜在信息，不应当单单把纳尔逊勋爵演绎成一个“时代所需要的刻板英雄”。相比之下，费雯却和在前两部电影中的表现一样，淋漓尽致地展现了“反复无常的性情和熠熠生辉的明星魅力”。从 20 世纪 20 年代后期开始，雷内·休伯特创造出独特的时装潮流，摄影大师鲁道夫·马特在与导演卡尔·西奥多·德莱叶合作期间也制作出同种梦幻风格的电影，在这二者的帮助下，费雯塑造了独一无二的个人风格。

在为期六周的拍摄结束后的 12 月，奥利弗夫妇还没来得及和美国说再见，便匆匆登上了回国的豪华游轮。费雯告别了这段漫长而收获颇丰的好莱坞生涯，启程回到了战火连连、风雨飘摇的英格兰。这对夫妇在空袭中抵达伦敦，随后便立即开始寻找合适的工作。

奥利弗当时已经 33 岁，本来已不适合服役。但他在迈克尔·鲍威尔和艾默力·皮斯伯格的电影《魔影袭人来》以及汉弗莱·詹宁斯充满诗意的纪录短片《战争之言》中为国发声后，毅然加入了舰队航空兵的行列。而对于费雯来说，在英国获得就业机会则比较困难。她去导演蒂龙·格思里位于曼彻斯特附近的家里拜访他，向他询问自己是否能重新加入老维克公司。她曾于 1938 年出演格思里的作品，两人还在《圣马丁斯巷》里同台演出过。但格思里对她的好莱坞明星形象产生了几分怀疑。“观众有时候会因为一些错误的原因去剧院。”他如是说。不仅如此，他还说费雯“作为女演员还不够格，至少在舞台上还不像一个好演员”，这对费雯来说无疑是一种侮辱，从而加深了她的伤痛。

在好莱坞度过的两年中，费雯的演艺事业无论是在表演风格上

▲镜头中的这对命运多舛的恋人。

还是在细节方面都发生了转变。那些爱国电影很大程度上都是以男性为主导，并且已获得了电影界权威人士，如《观察家报》的勒琼和《星期日泰晤士报》的迪利斯·鲍威尔的赞誉。在女性角色本就匮乏的情况下，这些电影中的角色更适合像西莉亚·约翰逊或温迪·希勒这样的女演员，她们虽有着一定的女性观众基础，但缺乏费雯身上灵动的气质。然而，尽管没有合适的新角色，费雯仍然是英国银幕上不可小觑的演员。《乱世佳人》已于1940年4月在英格兰上映，且连续四年在伦敦市中心莱斯特广场的帝国剧院放映，成为战争年代中持续上映时间最长的电影。

1942年3月14日，费雯正式重返舞台。奥利弗与管理层的人员做出安排，让她出演萧伯纳的戏剧《医生的窘境》。她扮演的詹妮弗·杜比达特是个“极其做作的人”，她对这一人物的刻画很有观赏性，但缺乏内涵。费雯对这个角色并不感兴趣，不过她也认为这是一次难得的锻炼机会。

在伦敦开幕前历时十二周的巡回演出中，她亲身体验了战乱生活给人们带来的巨大改变。奥利弗驻扎在温彻斯特附近，为了和他共度周末，她长途跋涉，一路上忍受着漫长旅途的煎熬。在寒冷的列车上，她唯一的慰藉只有那一部部狄更斯的作品。她说自己“很高兴能回到民众当中，与他们同甘共苦”。英国民众也很喜欢这个“非常优秀的当地女孩儿”，她因战火而放弃了自己光彩夺目的电影生涯。

格思里的预言居然应验了，观众蜂拥至剧场只为一睹“斯嘉丽”的芳容。戏剧《医生的窘境》在海马基特皇家剧院上演长达一年多。英国国家美术馆馆长肯尼斯·克拉克更是常常穿过马路去费雯的更衣室与她一同喝下午茶。他说，她宛若文艺复兴时期优雅的雕塑。“起初我去找她是因为光是看着她就觉得赏心悦目。”他接着说道，“但

▲ 在他们共演的最后一部电影《汉密尔顿夫人》中，劳伦斯·奥利弗夫妇两人扮演一对爱侣——纳尔逊和艾玛。

▲ 上图：劳伦斯·奥利弗夫妇在为亚历山大·柯达拍摄《汉密尔顿夫人》时，在比弗利山庄租了一间房子，那里有一只叫作“朱庇特”的可爱牧羊犬。在拍摄过程中，朱庇特有时还会与他们一起走进拍摄影棚。

▲ 下图左：《汉密尔顿夫人》中的主角纳尔逊和艾玛（1941 年）。

▲ 下图右：在不少人眼中，《汉密尔顿夫人》中的费雯·丽是其最美的形象。

后来，我去找她是因为我喜欢与她共处，而且她饰演的角色令人魂牵梦绕。她不仅颖悟绝伦，而且才华横溢……与她交谈时仿佛在与喜剧《不可儿戏》[①]中的格温多兰[②]对话。”

另一位艺术界的人物塞西尔·比顿[③]在二战期间也与费雯熟识。1935年她一举成名之后，比顿曾为《Vogue》杂志拍过几次她的照片，在她为伦敦演出做准备期间，他们又在爱丁堡相遇，并共度了一段美好的时光。表演结束后他们共进晚餐，费雯还为影迷签了名。之后，两人在她所住酒店的大厅里彻夜长谈。比顿感叹道：“费雯简直太可爱了，整个好莱坞都拜倒在她的石榴裙下。她心里明白，如果以后在这里待不下去了，只要走出去就能另谋生路……她疯狂地爱着她的丈夫，她的丈夫也迷恋着她。她还觉得丈夫比自己更加优秀。她的前夫依旧很宠爱她，不让她受一点点伤害。她也交了许多死心塌地的朋友，而且满腔热忱地要成为一位优秀的女演员。”费雯和比顿的关系一直不错，直到1948年，他们二人因奥利弗在喜剧《丑闻学校》中的戏服问题而起了冲突。

尽管戏剧《医生的窘境》取得了成功，但费雯觉得她还可以做更多的事情，为战争出力，比如自愿担任救护车司机、协警，或在剧院的屋顶上执行防火值班任务。但是导演博蒙特打算在未来几年内继续为她拍摄电影，因此他苦心劝说，告诉她“为大众带来快乐，鼓舞休假军人的士气，令人们欢愉”就是最大的贡献。在这方面她极具天赋，1943年5月，他给了她一个机会，随一群老维克剧院的演员为在沙漠战役中作战的盟军表演。

---

① 《不可儿戏》，19世纪爱尔兰剧作家王尔德所写的一部讽刺风俗喜剧。

② 格温多兰，《不可儿戏》中的一个少女角色，为人善良而宽容。

③ 塞西尔·比顿（1904 – 1980），英国著名摄影师、服装设计师，两次获得奥斯卡最佳服装设计奖，被誉为20世纪最伟大的英国摄影家之一。

▲ 劳伦斯·奥利弗夫妇在圣巴巴拉的圣伊斯德罗庄园举行午夜婚礼仪式。他们竭力不走漏风声。这些照片拍摄于蜜月之后的新闻发布会。

▲ 1940 年 9 月，这对新婚夫妇走出家门。

老维克剧院春季派对来到直布罗陀进行北非巡演的第一站时，隆美尔的德意志非洲军团刚刚败北。费雯是音乐会派对中唯一一位非乐器表演者，但她依然是最大的焦点。她吟诵了《爱丽丝梦游仙境》中的诗篇《威廉神父，您已老去》，以及克莱门丝·戴恩的爱国主义诗作《普利茅斯高地》。事后，杂志《新政治家》的讽刺作家“射手座”写了一部名为《斯嘉丽，塔拉的噩梦》的滑稽戏剧，来取笑费雯的演技。

在接下来的3个月中，老维克剧院的春季派对巡演穿越非洲沙漠，在烈日下为阿尔及利亚、突尼斯和利比亚成千上万娱乐生活贫乏的士兵们表演。费雯经常写信给在爱尔兰拍摄莎士比亚的作品《亨利五世》的奥利弗，描述她的奇遇和剧团在战火纷飞的地区表演时面临的巨大挑战。这对她来说是一次令人筋疲力尽却又独一无二的体验。7月15日，她从突尼斯来信说，她正睡在纳粹分子汉斯-于尔根·冯·阿尼姆最近空出的床上。后来他们的舞台管理人员因涉嫌间谍活动而滞留在阿尔及利亚，她说道：“所以你可以想象演出期间出现了多少困难……大部分舞台工作人员都非常和蔼可亲，但仍有些人试图破坏演出。当然，即便如此也无妨，现在那些年轻的士兵们除了数月来的激战什么也接触不到，他们值得我们倾力演出。”

她在的黎波里时写信说道，剧团为乔治六世国王举行了一场私人演出。她对奥利弗说，这场演出堪称她生命中最令人兴奋的时刻之一，但令她遗憾的是，他不在身边，不能分享这种喜悦：

“……我当时激动不已、忐忑难安，十分钟后演出拉开帷幕，我们站在一个宽阔的低矮露台上，面前是三层配置脚灯的宽敞台阶，身后是三扇用作舞台布景的美丽拱门。观众坐在我们附近，月光下他们的面容

▲ 虽然费雯·丽在战争期间没有出演任何英国电影，但她是英国银幕上最有分量的演员之一。由她主演的电影《乱世佳人》连续4年在伦敦莱斯特广场的帝国剧院放映。

清晰可见，仿佛映照在一望无垠的海平面上。时间只有45分钟，因此我们表演了删减版本，我仅吟诵了《威廉神父》和《普利茅斯》。舞台布景美得令人难以置信，如沐春风、叹为观止。白色大理石和如银的月光交相辉映。最后在向国王致意时，我热泪盈眶出了洋相。我们站得笔直目送国王离开，我想大家的内心一定都和我一样激动。”

“几分钟后国王回来了，出现在我们的面前。他说他非常喜欢《普利茅斯》，还与我一起探讨戏剧，他建议我应该节选《白崖》（他总是随身携带着）里的那段，并把它表演出来，他似乎自得其乐，我觉得他心情很好。然后我们一同去了游泳池，享受醇馥幽郁的杜松子酒。”

8月，费雯回到伦敦，在格拉茨克洛斯的老普雷斯蒂维克与奥利弗组建家庭，这里离伦敦不远。导演塞尔兹尼克没有同意她在奥利弗主演的《亨利五世》中出演凯瑟琳公主一角，这令她和奥利弗都失落不已。《亨利五世》电影能持续在海外市场大放异彩，全都得益于兰克电影公司的路演展览的思路，他们在某些城市的艺术电影院公映该电影，让利润源源不断。然而，塞尔兹尼克与费雯仍有合约，他认为凯瑟琳公主这个小角色对于她这种出名的电影明星来说不值一提。如果英国导演想要利用好好莱坞炙手可热的资源，他们必须拿出一部规模和内容都能与《乱世佳人》相媲美的电影。费雯回到英国的3年后，导演盖布里埃尔·帕斯卡根据萧伯纳的剧本《恺撒和克莉奥佩特拉》改编的影片打破了僵局，成为首部符合塞尔兹尼克标准的电影。萧伯纳的剧本久负盛名，又有制片人J. 亚瑟·兰克的经济支持，于是它成了当时投资最高的一部英国电影。

萧伯纳笔下娇媚的埃及艳后角色与费雯·丽十分契合，她相信自己能完美地诠释这个角色。而在兰克眼中，费雯是使英国电影在

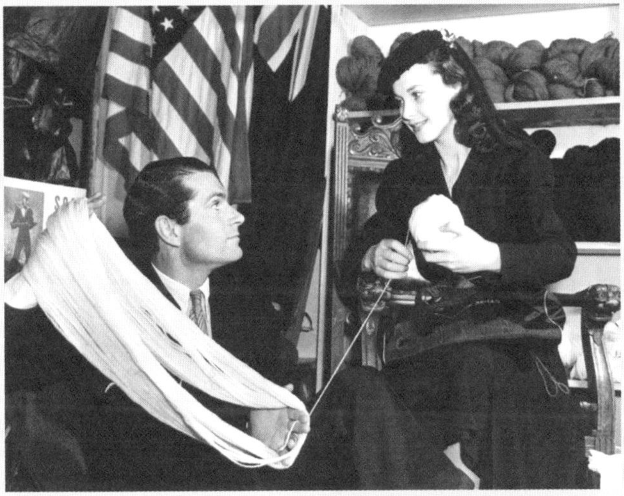

▲ 上图：作为英国慈善团体的一分子，费雯·丽在离开好莱坞之前就在为战争出力，图中她在为士兵编织头套。正值1940年，劳伦斯·奥利弗也在这里帮忙。

▲ 下图：作为 1943 年老维克剧院春季派对的一环，剧团在北非为军队演出。

战后世界市场上占有一席之地的定海神针，他非常渴望她能加盟影片，但拍摄的前提是得到原作者萧伯纳的允许。尽管费雯在《医生的窘境》中的表现可圈可点，但萧伯纳这位年迈的剧作家从来没有看过她的表演，也不知道她长什么样子。萧伯纳打趣道："说来奇怪，那些对这一特别角色虎视眈眈的女士们，大多都是年逾五十、身形壮硕的女星。"直到有一天，费雯来到萧伯纳在赫特福德郡圣劳伦斯的住所拜访他，让他亲眼看到自己，他才同意费雯出演这个角色。那时费雯刚满三十，风华正茂，身高 1.61 米，体态轻盈，婀娜多姿。

1944 年 6 月，电影在德纳姆摄影棚正式开机。导演帕斯卡在过去几年已成功改编了萧伯纳的剧作《卖花女》和《芭芭拉少校》。此次，这位匈牙利导演被授予自主权以及预算权，他不惜花费巨资以求准确地还原历史。影片中用到的沙子一律从埃及进口，他还在摄影棚设计了一个实物大小的狮身人面像。他动用超过两千名的临时演员来模拟埃及的亚历山大古城——可谓造价不菲。因此，《恺撒和克莉奥佩特拉》的奢侈程度堪与美国导演大卫·格里菲斯[①]的电影史诗比肩，更可以与好莱坞一争高下了。然而，也有许多英国人对帕斯卡在战时财政紧缩期间如此挥霍无度的做法嗤之以鼻。

如同电影《乱世佳人》一样，《恺撒和克莉奥佩特拉》的拍摄工作从一开始就困难重重。空袭和枪击威胁了剧组数月，大家都忙着修复被破坏的布景，工作十分艰苦，演员和剧组人员甚至都顾不上相互提醒注意生命安全。剧本监制马乔里·迪安斯回忆时说起一次事故，当时她和帕斯卡险些被流弹炸成碎片；另一位配角斯图尔特·格兰杰在他的自传中写道，这部电影的拍摄经历，可谓九死一生。

---

① 大卫·格里菲斯，美国导演、剧作家。他的剧以制作、推广和路演等方面的高昂成本而著称。

他在剧中饰演的角色是阿波罗多罗斯[1]，有一次要拍摄他将一张波斯地毯给恺撒用来藏起克莉奥佩特拉的场景，起重机将他吊到150英尺的高空，正在此时一架无人驾驶的德国V1轰炸机在空中轰鸣，投掷的炸弹距离拍摄地点仅有180多米。“整个建筑开始剧烈地摇晃。我吓得大叫，有些人意识到发生了什么，他们才想起来我还吊在空中呢。”阴郁压抑的天气使得现场状况愈发危险。因为使用彩色印片法要求户外场景有阳光直射，所以拍摄时间因连绵的雨水一推再推。

费雯和其他剧组成员一样未能幸免于难。她希望可以在人物塑造上有所发挥并融入自己的理解，但由于萧伯纳对电影媒体缺乏了解，因此他不赞成这一想法。加之在1938年，帕斯卡还擅自删改过《卖花女》的剧本，因此他提出想改编作品时遭到萧伯纳的拒绝。萧伯纳要求克莉奥佩特拉这个角色必须按照自己撰写的版本来演，要与剧本一致，这就让费雯失去了发挥的空间。除了在角色诠释上感到压抑外，奥利弗·梅塞尔所设计的那些在视觉上令人惊艳的服装也让她备受折磨。这种轻薄的服饰材质准确地反映了埃及沙漠的炎热气候，但1944年英格兰的夏季和秋季都遭遇了寒流，这些服装起不到任何御寒的作用。

费雯在8月写信给利·霍尔曼道：“你猜发生了什么？我要有孩子了。”她曾形容分娩的经历充满“羞辱”，对整个过程也“根本不在乎”。不论是她还是奥利弗，在先前的婚姻中都不是合格的父母。奥利弗想要一个完整的家庭，费雯则一心想要实现他的心愿。有一个共同的孩子会使他们的爱坚不可摧，并能让他们相伴余生。

---

① 阿波罗多罗斯，亦名西阿格拉弗斯，公元前5世纪希腊画家。

▲ 1942年，费雯·丽重返舞台，出演了乔治·萧伯纳的《医生的窘境》。这张照片由安古斯·麦克宾拍摄。

他们因炽烈的激情走到一起，作为妻子，如果不能为他们创造和维系浪漫美好的生活，她就会害怕自己失去他的爱，这种想法令她很不安。然而，正是这种毫无根据的恐惧，使接下来发生的悲剧更加令她难以承受。

当得知费雯怀孕时，帕斯卡和其他工作人员并不像她自己那样开心。“每个人都极其纠结，他们不停地问我，以我这样的形象，怎样才能看起来像16岁的埃及艳后，我只能说我一点儿办法也没有，这是上帝的旨意，不是我能左右的！”

于是抱着想要速战速决拍完这部电影的态度，费雯把所有的精力都投入到拍摄上。那时斯图尔特·格兰杰[①]的妻子埃尔斯·佩斯马奇也正在待产中，她记得费雯当时太过活跃，睡眠也严重不足。由于没有替身演员，特技部分都由费雯亲自上阵。在拍摄一幕克莉奥佩特拉穿过孟菲斯[②]宫殿大厅，越过坐在宝座上的恺撒并宣称自己是真正的王后时，她不慎在摄影棚刚刚抛光过的地上摔倒了。两天后，在8月31日——她的第四个婚礼纪念日上，她流产了。

在中断拍摄六周之后，费雯回到了片场，她本想换掉帕斯卡这个导演，但以失败告终。于是，余下的拍摄期里充满了不愉快，甚至电影在1945年12月首映时，她也决定不出席活动。《恺撒和克莉奥佩特拉》是战后初期票房销售最成功的电影之一，但后续未能成功盈利。一旦灯光亮起，装饰华丽的奥登大理石拱门就会弥漫着失望的气息。西蒙·哈考特·史密斯在《论坛报》上写道：“事实就是如此，面对它吧，这就是一场三流水准的沉闷的戏剧。如果能

---

① 斯图尔特·格兰杰，英国演员，曾出演过《所罗王宝藏》《恺撒和克莉奥佩特拉》等多部电影。

② 孟菲斯，位于埃及尼罗河三角洲南端，今开罗西南23公里的米特·拉辛纳村。公元前3100年前是埃及最古老的首都，而且定都时间长达800年之久。

创作一个全新的剧本，那么这部电影可能会摇身一变，成为一部成功的电影盛宴。”勒琼认为这部电影是“一场非常寡淡的胜利”。在美国，观众不会重复观看电影。他们冲着爱情和阴谋去看这部影片，然后却欣赏了两个小时萧伯纳式的哲学及一些评论家所谓的“名副其实的优秀表演”，而这些优点很容易就被气势恢宏的背景掩盖了。这就像是“一头彩色的骆驼，充满异域风情，却并不浪漫”。直到7年之后，费雯才观看了这部电影，这也许只是因为她要在奥利弗的戏剧中和他演对手戏时需要饰演克莉奥佩特拉这一角色。

因为桑顿·怀尔德创作的普利策奖获奖作品《我们的小镇》让美国观众在两年间一头雾水，所以随后奥利弗不费吹灰之力就拿到了剧本《九死一生》的改编权。这部虚构的来自新泽西的安特罗伯斯一家的荒诞道德戏剧凭借塔卢拉·班克海德、米瑞姆·霍普金斯、格拉黛丝·乔治和莉莎贝·斯科特的表演在纽约大获成功。费雯立即被剧中命运多舛却又异常迷人的女主角深深地吸引了。女主角莉莉·莎宾娜是家庭女仆，也是具有诱惑力的选美皇后和解说员，可谓是一个非常复杂的角色，奥利弗认为这是一次很好的机会，可以让费雯表现出其罕见的喜剧天赋。他们在1944年初购买了影片的英国版权，费雯完成《恺撒和克莉奥佩特拉》的拍摄之后，马上就开始与制片人宾基·博蒙特一起策划起来。这是自惨遭失败的《罗密欧与朱丽叶》以来，费雯与奥利弗首次以演员和导演的身份合作。

排练开始后不久，费雯收到了一封来自塞尔兹尼克国际影业公司的信件，这封信的言辞十分尖锐。信上说，她仍然有义务履行她的7年合同，况且在过去的4年里，她总是很礼貌地逃避了重回好莱坞拍更多的电影这一义务。因为费雯从兰克公司借调到《恺撒和

▲ 费雯·丽和匈牙利导演盖布里埃尔·帕斯卡登门拜访剧作家乔治·萧伯纳，萧伯纳的家位于赫特福德郡的圣劳伦斯。费雯·丽淡妆素衣，说服萧伯纳同意自己出演帕斯卡即将拍摄的史诗电影中的女主角克莉奥佩特拉，并证明她是最适合克莉奥佩特拉这个角色的人选。

克莉奥佩特拉》剧组使塞尔兹尼克获得了大笔收入，所以他暂时做出了让步，但他绝不会允许费雯继续出现在对公司利润和效益没有任何帮助的项目里。她是一个“外来生物”，所以要保护她以防止一些“无意义的曝光”。当费雯拒绝退出制作时，塞尔兹尼克申请了违反合同禁令。又过了 6 个月，律师在伦敦法院做了关于费雯未来事业的辩论。最终的裁决是，依据年龄和婚姻状况，她有可能被征召去参加战争服务。当她需要在表演、赋闲在家或者在工厂工作中做出抉择时，她选择了继续表演。

1945 年 5 月的欧洲胜利日后不久，话剧《九死一生》在凤凰剧院开幕。不论是在伦敦还是纽约，观众都一样困惑不已。对于批评家而言，这是一种违背传统且十分古怪的表达；但费雯贡献了她有史以来最好的表演。爱格特总结了批评家们的观点，在《星期日泰晤士报》上发表了评论：“整部话剧都很精彩，费雯演活了一个活泼欢快的莎宾娜。这堪称是在此类话剧中继伊冯娜·普林坦普斯[①]的表演之后最优秀的表演。”在她的职业生涯中，费雯第一次证明了自己有能力完成一部复杂的话剧。她终于摆脱了人们对她仅是花瓶舞台演员的普遍认知；她本身就是一位名副其实的实力派演员。

在这部话剧持续巡演两个月后，费雯的同事发现她日渐消瘦，并异常疲惫。宾基·博蒙特带她去看了医生，结果发现她患上了肺结核，她也因此被迫停止表演。费雯在还是个孩子的时候就得过肺结核。当时正值奥利弗与娱乐国家服务协会一起在欧洲进行重要的巡演，费雯害怕打扰他，所以没有及时告诉他治疗情况。奥利弗从阿尔弗雷德·朗特和林恩·方坦那里得到了含糊的消息，于是他写

① 伊冯娜·普林坦普斯，法国知名女演员。

▲ 在《恺撒和克莉奥佩特拉》的宣传照中，费雯·丽扮作萧伯纳作品中的艳后（1945）。

▲ 上图：《恺撒和克莉奥佩特拉》并不是一部令人欢欣愉悦的电影。导演帕斯卡没有为费雯·丽雇替身演员，她在片场摔倒后不幸流产。

▲ 下图：费雯·丽与恺撒的扮演者克劳德·雷恩斯在一起。

信回家询问费雯的状况。“你的悲伤令我恐惧，”奥利弗告诉费雯，“你的生命就是我的生命。”

费雯要求立即接受治疗，并长期休养。当塞尔兹尼克在好莱坞听知她病重的消息时，他抛开了他们在事业上的分歧，带着真诚的关心表示愿意为她支付留在棕榈泉或亚利桑那州的疗养院的费用，那里干燥的沙漠气候有助于她恢复健康。但费雯再次拒绝了他的要求，她为了能离奥利弗近一点儿而执意留在英国。她到伦敦西部布朗普顿附近的一家医院做了检查。当她的丈夫回来后，两人一同前往苏格兰高地度假休养，之后又回到了他们在白金汉郡新购置的乡村宅邸诺特利修道院庄园。

第四章

4

剧院贵族

“她的名字，再加上和她做了 20 年夫妻的丈夫劳伦斯·奥利弗爵士的名字，成了当时战后剧院最吸引人的招牌。”

——1967 年 7 月 10 日的《卫报》

直到战争结束时，费雯对于搬到诺特利修道院庄园的决定仍然持保留态度。这座修道院始建于十二世纪的亨利二世统治时期，后来得到亨利五世的资助。当奥利弗在四处寻觅房产见到它时，修道院到处是断瓦残垣，迫切需要整修。第一次看到它时，费雯很沮丧。由于缺乏管道设施再加上房间漏风，翻修费用很高。但奥利弗完全被它的历史价值迷住了。他喜欢远离伦敦忙碌紧张的生活，想要创造一个私密且浪漫的婚姻天堂。

二十世纪五十年代后期，费雯回顾他们在诺特利的时光时仍然十分怀念，她告诉继子塔奎因说，她“无法想象没有这样一片绿洲的生活”。她几乎隐居在此的九个月里，真正将这里当作了自己的居所，并开始逐渐喜欢上这里，就像爱她的丈夫一样。从宽大的 L 形卧室向下俯瞰，草坪可以一直延伸到附近的泰姆镇。她也乐于举办宴会款待朋友们，其中就包括大卫·尼文、约翰·米尔斯夫妇以及罗伯特·赫尔普曼。春天到来时，她会离开卧室，在玫瑰花园里忙碌，乐于为繁茂的景观带来新的生命。曾在《亨利五世》中与奥

▲ 劳伦斯·奥利弗偶尔会让媒体在伦敦的家中拍摄照片，就像 1946 年他们在这里拍摄的一样。

利弗合作的女演员芮妮·阿舍森，后来还在电影《欲望号街车》中扮演了斯特拉一角，与扮演布兰奇的费雯演对手戏，她到现在都还能回想起当时常常接受邀请前往诺特利庄园的欣喜之情。她和费雯会在附近的朗克伦登村一起购物，在那里，费雯会褪去明星光环，与当地人随意闲聊。

然而，最影响费雯的是她的健康状况。当她的医生禁止她去尝试怀另一个宝宝时，她就将所有的母爱都倾注到奥利弗的儿子身上。1946年的夏天，塔奎因当时只有10岁，对他的父亲知之甚少，并且前一年才刚从加州回来。他十分珍惜在诺特利庄园度过的周末。费雯鼓励他弹钢琴，并让他觉得他青春期时产生的兴趣爱好"与她感兴趣的事情不谋而合"。最重要的是，她帮助他们建立起了父子之间的某种联系。"她的热情将父亲从我身边剥夺，却也竭尽全力地将我们联系在一起。"

以一种类似法国巴黎圣心堂修女们的姿态，奥利弗给她带来了一只叫作"新男孩"的猫，以在她孤独时给她带来安慰。这只暹罗猫以奥利弗取得巨大成功的伦敦剧院命名，很快就成为最受费雯喜爱的宠物之一。"新男孩"戴着从巴黎买来的铃铛项圈，后来费雯常带着它一起去往剧院，寓意着好运。后来它甚至出现在《伦敦新闻画报》的"猫和明星主人"的专题中。在"新男孩"的陪伴下，费雯在空闲时总是沉浸在文字当中。她在独处时阅读了很多本书，其中一本是威廉·温伍德·瑞德的《人类殉难记》。其中的一句话令她终生难忘："如果艺术家们继承了地球，世界将成为一个花园。"

费雯的健康恢复得十分缓慢，这让奥利弗感到担忧。他很担心她可能会患上除肺结核以外的其他疾病。新闻记者们对她的健康状况也十分好奇。1946年2月，在一封给《周日快报》的记者斯蒂芬·沃

▲ 上图：1946 年 5 月 7 日，两人与英国女演员格特鲁德·劳伦斯和驻联合国英国代表亚历山大·卡多根在纽约市咖啡屋俱乐部会面。

▲ 下图：1946 年 5 月，费雯·丽在纽约市一辆汽车中向影迷们挥手致意。

▲ 1947 年费雯·丽在研读《安娜·卡列尼娜》的剧本。

▲ 费雯·丽饰演托尔斯泰笔下充满悲剧色彩的《安娜·卡列尼娜》女主角。服装由塞西尔·比顿设计。

▲ 菲利普 · 哈尔斯曼于 1946 年的春天给费雯 · 丽拍摄了《生活》杂志的封面。但她并不喜欢他拍摄的照片并将照片全部撕毁，其中包括这张从未出版过的照片。但劳伦斯·奥利弗却喜欢这组照片，并力劝哈尔斯曼将作品发表。

茨的私人信件中，奥利弗回信感谢他对费雯健康情况的关心。他透露，费雯的健康问题比他们最开始猜测的更加棘手，并且从医生那里得到的确凿答案也十分令人沮丧。费雯曾希望五月时能重返工作，但奥利弗不确定到时候她能否承受。一年前的意外流产让她陷入了沮丧状态，而且她之前间歇性发作的情绪不稳的症状现在似乎更加频繁地出现。当时任何人都不知道，这些都是躁狂抑郁症的表现，而且会在晚年毁掉她的生活。作为费雯的密友之一，著名演员亚利克·基尼斯对此记忆犹新。他记得早在 1937 年就听到过关于费雯精神健康的传言，那时他在《哈姆雷特》中给奥利弗做候补演员，他说道：

“我从来没有看到过费雯表现出残忍或冷酷的行为举止——至少在我记忆中没有，即使她有野心和需求，也都以一种迷人而甜美的方式表现出来。这很令人伤心。在她年幼时，她看起来就像是一截迷人可爱的‘粉笔’，然后生活逐渐打磨她，我们眼看着她被一点一点地消耗。”

“我可以证明，我们中的很多人都想为她做点儿什么，但事实上我们能做的很有限。命运给了她如此非凡的美貌和才华，以及魔法般的魅力。虽然我很讨厌这么想，但这一切都是有代价的，而她很早就付出了这些代价，如此残忍而迅速。”

费雯的长时间隐退恰好与奥利弗在戏剧界的迅速崛起相对应。1944 年，他与拉尔夫·理查德森、蒂龙·格思里和约翰·布瑞尔一同负责复兴老维克剧院。他在 1944 年到 1945 年的剧场季中扮演了理查德三世，出色的表现使他成为他那个时代里最受欢迎和受人尊敬的戏剧演员。奥利弗承担起了整修诺特利庄园的开支和治疗费雯的费用，这也是他在这段时间里不得不承担这么多工作的原因。费雯为奥利弗的成就感到自豪，并总是称他为世界上最伟大的演员。“我的丈夫无所不能。”她说。在这之前，他们多多少少是处于平等地位的，并都在舞台上追求卓越。而此时费雯开始担心了：当她赋闲在家时，奥利弗正在不断登上高峰，他对戏剧角色的热爱和不断取得的个人成功已经开始逐渐超出他对她的爱。

1946 年 5 月，费雯得到医生的许可，她被允许与奥利弗一起前往纽约。在那里，老维克剧团演出了一个短期剧目。他们当时抵达的情景被记者拉迪・哈里斯记录下来，并刊登在了当时的杂志《电影故事》上。

据这位记者回忆说，费雯非常美丽动人，并且受到她的朋友们和电影制作公司的热情欢迎。当时炒作得最热的三部电影要属《风尘双侠》《珍妮的画像》和《除却巫山不是云》。然而，对于《除却巫山不是云》的邀约，据说费雯曾说：“我被告知达里尔・柴纳克为我开出了一百万美元的价格，让我来接演这个角色。如果他拿得出这么多钱，那对我来说可是新鲜事了。我希望他真的有，这样一来，能拒绝这一百万美元我会感到十分荣幸！”

虽然她的影迷们都确信她已完全康复，但在纽约与费雯接触过的其他人却说事实并非如此。菲利普・哈尔斯曼是在这段时间里感受过费雯双重性格的几个人之一。菲利普是一位以拍摄名人腾空特写而闻名的摄影师，当时他受《生活》杂志的委托去拍摄费雯，这也算是作为《恺撒和克莉奥佩特拉》在美公映的推广活动。他从电影《乱世佳人》开始便一直崇拜她，当他们第一次见面时，他认为她“面容精致、行为友善，充满了异域魅力”，拍摄结束时他感到自己正在拍摄一件十分不寻常的东西：“一位天使般的明星。”但遗憾的是，他最终拍摄出来的成品却没有展现出他目睹的那种美丽；

▲ 美国著名电影演员加里·格兰特在《安娜·卡列尼娜》的片场看望费雯·丽和亚历山大·柯达。

相反，照片洗出来后却呈现出一个疲惫的、病恹恹的女人。费雯同意离开病床让哈尔斯曼给她补拍，他对她的职业精神印象深刻，以至于违背了自己的原则，提出在出版之前先让费雯看成片。费雯对第二次的拍摄十分满意，便请摄影师将新照片带到圣瑞吉酒店。

当哈尔斯曼向费雯展示精心冲洗的照片时，她的表情从快乐转为愤怒。她说这些照片拍得太可怕了，如果他违背她的意愿私自发表这些照片，她就要毁掉他的职业生涯。当费雯当着他的面撕毁了他数小时的辛勤之作时，他感到十分失望。那天晚上，奥利弗夫妇的共同经纪人塞西尔·田纳特打电话给哈尔斯曼说，虽然她已经撕毁了冲印出来的照片，但费雯把底片留在了信封里。奥利弗看到了哈尔斯曼作为专业摄影师所捕捉到的微妙瞬间有着别样的美，并力劝他将其提交出版。一张她直视镜头露出了四分之三面容的照片被用作了封面，取得了成功。

《乱世佳人》后，备受欢迎的古装剧成为费雯的特长。1947 年初，她签约参演亚历山大·柯达导演备受期待的翻拍电影《安娜·卡列尼娜》。战争结束后，像约瑟夫·阿瑟·兰克[①]一样，柯达渴望在海外重新制作他的电影。《安娜·卡列尼娜》是他在 1948 年开始筹备的最具野心和制作成本最高的电影。作为他吸引国际目光计划的一部分，柯达组建了一支由欧洲著名电影人士组成的拍摄队伍，其中包括法国导演朱利恩·杜维威尔，电影摄影师亨利·阿勒康和俄罗斯艺术总监安德烈·安德烈耶夫。杜维威尔和剧作家让·阿努伊被要求赋予这部托尔斯泰经典以全新的生命，但他们提出将故事背景设置在当代法国的想法遭到了柯达的反对，以至于他最终找来了

---

① 约瑟夫·阿瑟·兰克，英国电影发行人和制片人。由于在 20 世纪 40—60 年代垄断了英国的电影事业，而被称为“亚瑟王”。

英国记者，后来又成为编剧的盖伊·摩根帮忙将情节搬回原来十九世纪的俄国。

5月，费雯与设计师塞西尔·比顿一起前往巴黎。在为电影试穿服装时，她接到了来自伦敦奥利弗的电话。他因为英国剧院做出的贡献被提名国王寿辰授勋名单，并将受封为爵士。费雯将终生享有“奥利弗夫人”的头衔，但这一消息却引发了费雯复杂的情绪。费雯为丈夫的名望感到骄傲，但又因为自己没有入选丈夫所在剧院筹备的电影版本《哈姆雷特》的主演名单而感到愤慨。过去，她和奥利弗都公开拒绝拍摄莎士比亚剧作，但《亨利五世》帮助奥利弗发掘了自己成为演员兼导演的双栖艺术家的潜力。他态度的转变影响了费雯的情绪。十年前，奥利弗对她扮演艾森诺城堡里的奥菲莉娅充满了敬佩之情。如今虽然她不再饰演女配角了，奥菲莉娅对她的演艺事业也没什么贡献，但她仍然希望能与丈夫一起工作。然而，她出演该角色的要求却被拒绝了，因为公司的投资人认为她的年纪无法胜任该角色，这一点让她十分伤心。当奥利弗最终选中17岁的简·西蒙斯时，她失望的情绪进一步恶化，因为西蒙斯与年轻时的费雯长相惊人地相似。西蒙斯以前从未尝试过出演莎士比亚的戏剧，她当时最出名的银幕表现是在大卫·利恩导演的电影《远大前程》中出演年轻的艾丝黛拉。

“你当然不会接受它的，对吧？”费雯在电话中说道。她是否在开玩笑还不清楚。奥利弗似乎认为她是在开玩笑，于是立即写信接受了这一荣誉。

但当比顿走进她的化妆室向她表示祝贺时，他注意到费雯并不高兴。她对此十分轻蔑，说她觉得这个荣誉很荒谬。“这位私下里无忧无虑、聪慧机敏的女主演，在承受电影开拍后的压力时会变得

▲ 1947 年 10 月，劳伦斯・奥利弗 40 岁时，成了英国最年轻的授勋演员。他和费雯被拍到抵达白金汉宫参加授勋仪式。

▲ 劳伦斯·奥利弗参加了 1947 年伦敦莱斯特广场帝国电影院《主教的妻子》的皇家首映式。

完全不同。”比顿注意到。

《安娜·卡列尼娜》片场出现的烦恼让费雯更加难过。柯达最初希望奥利弗能够扮演安娜的爱人渥伦斯基伯爵。但他由于档期原因无法出演，制片人就赌了一把，挑中了一个当时默默无名的爱尔兰演员基隆·摩尔。亚历山大·沃克[①]把摩尔描述为当时英国最有前途的年轻演员之一，但他无论是天赋还是气质都无法与和他演对手戏的女主演相媲美，而且他们之间缺乏化学反应，这点在银幕上暴露无遗。由于角色分配的不恰当，电影在伦敦首映时，有人听到一些评论家将摩尔称为“摩隆基尔[②]”。费雯也不喜欢拉尔夫·理查德森对安娜冷酷的贵族丈夫的诠释。理查德森是奥利弗的密友，而费雯在工作之外也十分了解他；然而，她觉得他扮演的卡列宁过于富有同情心了，从而削弱了安娜与渥伦斯基的恋情以及她最终做出自杀抉择的可信度。继子塔奎因回忆，他曾前往谢珀顿片场看望她时，被允许每日待在片场感受拍片氛围。“你觉得他怎么样？”费雯问道，她指的是理查德森。塔奎因觉得他很好。“的确，但这是错误的，”费雯说，“他本应该扮演出残暴的形象。”

“我了解安娜，”费雯告诉理查德森的妻子穆里尔·福布斯说，“我能感受到她。我知道关于她的每一件事，但他们说我做不到。”费雯在构建人物形象时，想要传达出安娜对渥伦斯基的痴迷和狂热，而不是美化她最终悲惨的结局。这个故事描绘了一位深陷无爱婚姻的贵族夫人被迫在她对另一个男人的爱和对她儿子的爱中进行抉择的故事，而费雯知道她可以为此带来新的生机。

她理解这位托尔斯泰笔下最伟大的女主角的情感——那种发自

① 亚历山大·沃克，英国著名传记作家。

② 摩隆基尔，是将名字前后对调，发音与“傻子基尔”相同。

肺腑的激情，以及那种抛弃自己孩子的愧疚之情——因为这正反映了她和奥利弗当时的感受。当时，她与杜维威尔产生了严重冲突。她习惯了按自己的方式表演，而柯达大部分时间又在美国拍摄，所以周围并没有什么人站出来支持她的论点。杜维威尔对安娜这个角色并不是很重视，而是对在电影中创造出一种忧郁的情绪十分感兴趣。他的顽固很大程度上影响了费雯的表演以及整部电影的表现。

碰巧赶上追求严谨戏剧风格的潮流，拉尔夫·理查德森由此获得了最多的褒奖。大洋两岸，许多评论家似乎都无法脱离葛丽泰·嘉宝[①]的影响来评价费雯，因为葛丽泰·嘉宝曾两次在银幕上饰演过安娜一角。他们说，费雯很漂亮，而且很有魅力，但也太偏离角色了，缺少了克拉伦斯·布朗[②]于1935年导演的那版中的深度和温情。尽管费雯非常欣赏嘉宝，但她并没有因为别人不断将嘉宝的表演与她自己的表演拿来比较而感到十分高兴。“没人能超过嘉宝。”当《洛杉矶时报》提到很难有人能接替这位隐退了的瑞典明星时，她简洁地回答道。当被问及她是否看过1927年或1935年版的电影时，费雯承认自己没有。在尝试同样的角色时，太过熟悉另一个演员的表演是很危险的。泰伦斯·拉提根评价说，费雯“可以演活爱情，并且每次都呈现出一场极具光彩、毫无保留、充满艺术性的表演，但不知何故，她的《安娜·卡列尼娜》并没有显示出应该具备的品质”。

单是费雯的名字就足以保证海外票房了。《安娜·卡列尼娜》本可以在商业上取得巨大的成功，但不幸的是它的发行时间恰逢英

① 葛丽泰·嘉宝，瑞典国宝级电影女演员，奥斯卡终身成就奖得主，好莱坞星光大道入选者。

② 克拉伦斯·布朗，美国电影导演，曾获得5次奥斯卡最佳导演奖提名。

▲ 上图：老维克剧团于 1948 年 3 月抵达弗里曼特尔，开始他们的澳大利亚巡演之旅。
▲ 下图：1948 年，在澳大利亚某官方宴会上。

▲ 劳伦斯·奥利弗夫妇在澳大利亚走到哪都有人拍摄他们。他们随便走在街上就足以引起一群狂热影迷的围观。

美电影大战。1947 年 8 月，英国贸易委员会主席斯塔福德·克里普斯爵士对美国电影施加了沉重的进口税，希望这样能鼓励更多质量上乘的本土影视产品，并防止好莱坞在英国战后经济陷入困境时完全掌控英国电影市场。好莱坞反击，也开始了抵制，使得英国制片人在 1948 年难以在美国电影院中放映他们的电影。根据马丁·斯托克姆的报道，当柯达被问到由于禁运导致海外利润损失的百分比时，他回答说：“百分之百。”

1947 年，奥利弗夫妇参与各自电影项目的同时，两人接受了英国文化协会的邀请担任演员大使，并带领老维克剧团参加了为期 9 个月的澳大利亚和新西兰的巡演之旅。其目的就是为了建立友好关系，并将英国最好的剧院表演展现给地球另一端的人民。奥利弗精心挑选了演员，计划将这次巡演作为未来成立国家剧院的尝试。费雯很高兴，终于能够再次与她的丈夫一起工作了。剧目包括《理查德三世》《九死一生》和理查德·布林斯利·谢立丹的《丑闻学校》：前两部用来展示他们的个人优势，后一部用来突出他们多才多艺的演员们。

在离开前一天的晚上，费雯和奥利弗在达勒姆小屋里为七十位朋友举行了一场盛大的晚宴。费雯以“热情好客的女主人”而闻名，并以能够创造完美宴会气氛而十分自豪，这是她从母亲身上学到的一点。“当我还是一个小女孩儿，要参加一场聚会时，”她告诉大卫·勒文，“我的母亲总是说，‘要去取悦聚会的女主人。’当我成为女主人后，我母亲又说，‘现在要去取悦客人们。’然后我就问，‘我什么时候可以做我想做的呢？’而我的母亲却说，‘不要想着光做自己想做的事是一种礼貌。’”

后来的几年里，费雯的宴会都笼罩着某种传奇色彩。奥利弗家

▲ 在结束了《俄狄浦斯王》的表演后，劳伦斯·奥利弗夫妇访问了西澳大利亚大学戏剧学会。

从 1950 年以来的访客日期簿就很好地反映了那些经常光临诺特利庄园的舞台剧演员和电影明星们：拥有低沉嗓音的演员罗杰·莱伍赛，他的妻子厄休拉·琼斯和她的姐姐伊莎贝尔，伊莎贝尔曾在《快乐伪君子》中与费雯共事。还有亚历山大·柯达、迈克尔·雪格夫和妻子瑞秋·坎普森、罗伯特·赫尔普曼和新闻记者阿兰·登特。此外，还有包括奥莉薇·黛·哈佛兰、玛琳·黛德丽、凯瑟琳·赫本、丹尼·凯、奥逊·威尔斯和朱迪·嘉兰在内的好莱坞明星。每当他们来到英格兰时，都会造访诺特利庄园。费雯的家人有时也会来，吉尔·埃斯蒙德和塔奎因也是如此。彼得·芬奇感觉那些没有被邀请的人似乎都十分沮丧："有种说法是，这些周末聚会是为少数剧院精英们举办的；然而事实并非如此。费雯爱她的家，并且喜欢和大家分享诺特利的美好与宁静。"

伦敦的晚间表演结束后，客人们会坐上他们的汽车，驱车前往 50 英里外的诺特利修道院庄园。从石头城堡发出的耀眼灯光穿透了黑暗的乡村，悠长的车道两边排列着胡桃木和酸橙树，这是奥利弗的个人风格之一。无论人们多晚抵达，费雯都会为他们精心准备高标准的食物。英国的食物味道太重，不合她的口味。她更喜欢法式烹饪风味。尽管她选择的饮料是加了奎宁水的杜松子酒，但她和奥利弗都是陈年葡萄酒的鉴赏家，并且在地窖里保存了不少好酒。晚餐之后，她还为客人提供甜点、咖啡和波特酒，然后所有人都会来到客厅休息，随意闲聊，娱乐一下——比方说下中国跳棋，进行问答比赛或是围在留声机旁跳舞——一直持续到第二天清晨。几乎在每一次宴会中，费雯都会保持清醒且充满活力，直到那些热情的宾客们都睡去。

奥利弗夫妇 1948 年的澳大利亚巡回演出是一场盛大的文化活

▲ 左图：与西澳大利亚大学的校长进行会面。

▲ 右图：1948 年 11 月，在一场成功但使人身心俱疲的旅程结束后，“两具行走的尸体”回到了英国面对媒体。

动，以至于在演出最后一幕结束之后的很长一段时间内，都还深深影响着演员和观众们。他们当时声名远扬。演员迈克尔·布莱克莫尔当时还是悉尼的一名医学院学生，当世界上两位最杰出的明星宣布对澳洲进行一段较长时间的访问时，他还记得当时令人兴奋的那种气氛："我们都认为这像是一件礼物，是来感谢我们曾帮助英国赢得战争。他们具有世界级的名望，这些电影就像流行病一样席卷全球，像病毒一样扩散世界。而这些最初的明星们——克拉克·盖博，加里·库珀，劳伦斯·奥利弗和费雯·丽那一批人——他们占据了当时那一代人的记忆。"

对许多人来说，亲眼见到奥利弗是一生难遇的经历。经过长达一个月的远航，他们首先前往开普敦观光了两天，之后老维克剧团于 1948 年 3 月 20 日在珀斯首次公演。那些有幸能去往帝苑剧院观看《丑闻学校》晚间首演的人们视其为一个盛大的正式场合，都穿着晚礼服和燕尾服，男士打着白色领带。悉尼有一对定于上午 6 点结婚的夫妇，他们将婚礼宴会的时间缩短，以确保他们能在晚上 8 点赶到蒂沃利剧院看舞台剧《理查德三世》。

另一位在达尔文[①]卫生部门工作的影迷艾琳·约瑟夫，非常渴望看到剧团的演出，因此她特地请了假，去往 2000 英里外的阿德莱德观看戏剧。她的执着为她赢得了一张免费门票以及与费雯和奥利弗私人会面的机会。许多热情的影迷更是熬夜排队买票。在墨尔本，一名 75 岁的老妇人不顾大雨睡在室外排队，就为了买到《丑闻学校》楼厅后座[②]的一张坐票。"我很乐意再次这样做，"在《世纪报》报道中这位老妇人说，"这钱花得很值。"该表演吸引了 1600 名观众，

---

① 达尔文，又译达尔温，是位于澳大利亚西北海岸的主要城市，北领地的首府。

② 楼厅后座，剧院中位于前排正座上方的座位。

都可以与墨尔本板球场的联赛决赛相媲美了。

乔治六世国王和伊丽莎白公主（后来成为伊丽莎白二世女王）计划于次年访问澳大利亚，因此许多澳大利亚人将此次老维克剧团的巡演视为正式访问前的一次彩排。奥利弗夫妇预见到了影迷们的热情，但他们还是被一些恼人的狂热崇拜震惊了。澳大利亚和新西兰似乎是当时明星效应的一个缩影，在将他们奉为当代传奇的过程中发挥了重要作用。在这两个南半球国家中，他们不仅仅被认为是电影明星，而且还是“英国舞台和银幕上的第一绅士和淑女……是白马王子和所有童话中的可爱公主”。费雯对澳大利亚女性具有特别的吸引力：她被认为是集美丽、魅力、品位和礼仪于一身的典范。在多次的公开露面中，她常被一些女性杂志邀请，就克里斯汀·迪奥的“新风貌”[①]，澳大利亚的葡萄酒，甚至是英格兰的配给制[②]等各种内容提出自己的看法。在被问到最喜欢的电影明星时，她选择了嘉宝，不过这是在她被迫排除奥利弗之后的回答。

从“科林特”号在弗里曼特尔港口停靠的那一刻起，影迷和摄影师就“围攻”了奥利弗夫妇，急切地想要关注并记录他们的一举一动。

迈克尔·雷丁顿是当时剧团中最年轻的成员之一。“从来没有过像这样的体验，”他说，“剧院后门围堵的人群……每当我们要离开城镇时，总会有大巴把我们从剧院送到车站或者机场。你根本动都没法动。我记得那些巴士要好几个小时才能离开。”费雯和奥利弗“在艺术上登峰造极。我们簇拥着这两位伟大的明星……奥利

① 新风貌，1947年法国服装设计师克里斯汀·迪奥推出的女式服装新款式，风格优雅，女性味十足。

② 配给制，1940年始，英国开始对食品等生活用品实行定量配给，直到20世纪40年代末50年代初才取消。

▲ 1948 年，剧院名流。

弗到访各处，风度翩翩、谈吐不凡；而始终伴他身旁、抬头看着他的是这个世上最漂亮的女人——她穿着得体，而且注意力始终在她丈夫身上”。剧团的其他成员都十分尊重奥利弗夫妇，夫妇二人还因此获得了“上帝和天使”的尊称。

从珀斯到霍巴特，该剧团在每个城市都表现得十分出色，费雯因其横溢的才华和在《丑闻学校》以及《九死一生》中的精彩表现获得了高度赞扬。但到了6月份，奥利弗夫妇在紧凑的日程安排中以及媒介不懈的穷追猛打下开始显露倦容。在墨尔本，两个演员因为身体不适，都被迫让他们的候补演员替他们上场几天。费雯公开承认自己感到精疲力竭，医生命令她减少公开露面。奥利弗谴责这“令人震惊的事态”，说“这绝不能再发生了”。但无论他们怎么恳求休息和放松，都没法获得一丝隐私。报纸乐于在他们到达之前就开始报道这对夫妻的行踪，迫使他们不得不经常匆忙改变行程计划，隐瞒身份进行旅行。当剧团到达悉尼时，费雯绝望地告诉《悉尼先驱晨报》：“如果我们在这里无法获得安宁和平静，我们将不得不返回塔斯马尼亚，甚至达尔文。”本来应该是一次待在冲浪者天堂的隐秘之旅，却不得不中途缩短行程，就因为酒店附近充斥着四处徘徊，企图一窥明星生活的影迷们。

“你可能不知道，但你正在跟两具行走的尸体说话。”当“科林特”号轮船终于停靠进提伯利时，奥利弗告诉记者。该剧团于11月中旬回到英格兰，巡演获得了巨大成功，但也让他们疲惫不堪。当被问及在可预见的未来是否有再次访问的计划时，费雯很快就驳斥了这个想法，称社交日程表对她来说过于沉重。“为什么呢，因为除了剧院之外，我们几乎看不到这个国家的其他景色……这绝对不是休养度假。”

▲ 1948 年出席约翰·米尔斯主演的电影《南极的司考特》的伦敦首映式。

在个人层面上，澳大利亚之旅标志着奥利弗夫妇关系中的一个关键转折点。他们爱情的传奇已家喻户晓，但在光鲜亮丽的外表下，他们之间的裂缝已开始显现。特伦斯·摩根的妻子乔治娜·朱梅尔曾是费雯的候补演员，她回忆说，虽然这对夫妇在其他演员面前永远表现出一副幸福积极的样子，但在巡演结束时“他们之间有些东西冷却了下来”。的确，奥利弗后来写道，他觉得他在澳大利亚失去了费雯。他们回来后不久，她就告诉他，她不再爱他了。她现在看到他更像是一个哥哥，而不是一个情人。她解释说，并不是因为第三者插足，因此没有必要离婚。

奥利弗很难理解或者完全难以相信，他和费雯的感情已经不再如初。“很难相信，这份真挚而传奇的感情已经不复存在了。”他后来写道。费雯一生都对奥利弗充满了崇敬之情（她的医生更为直截了当，将其称为“病态的迷恋”），这使她绝情的坦白有点儿难以辨析。从一开始，充满激情的欲望一直是他们关系的支柱。现在，性吸引力已然降温，奥利弗似乎对此毫无怨言，但费雯却发现自己无所适从。如果她的丈夫不能再满足她的需求，她想并且最终也会在别处寻找实现的机会。然而与此同时，他们的婚姻对她来说也十分珍贵。无论发生什么事，她都相信他们之间的纽带是坚不可摧的。毕竟，他们都不愿意粉碎他们标志性浪漫情侣的形象，让公众幻灭。

在澳大利亚时，奥利弗收到了他将不再任职老维克剧团演员兼主管的解雇消息。尽管他曾取得过两个演出季的成功并且拥有不可否认的威望，但董事会决定奥利弗和拉尔夫·理查德森只能选择做个舞台剧或电影演员，或做个专职剧院主管，而不是鱼和熊掌兼得。奥利弗被激怒了，索性借此机会成了一名独立演员兼导演，并专注于扩展费雯的舞台生涯。

▲ 1949年费雯·丽和达恩·坎宁安演绎让·阿努伊改编的索福克勒斯作品《安提戈涅》舞台剧。

奥利弗与老维克的合同在1949年1月到期，他最后在诺埃尔·科沃德剧院短期的剧场季推出了《理查德三世》《丑闻学校》以及让·阿努伊改编的现代着装版《安提戈涅》[①]，并首次和费雯在英国舞台上一起演出。费雯坚持出演安提戈涅，她对其他任何角色都不感兴趣。《理查德三世》里的安夫人是一个不讨人喜欢的小角色。而她认为《丑闻学校》中的蒂则尔夫人又太肤浅了，尽管奥利弗和许多评论家认为她十分适合这个角色。在证明自己是一位杰出的喜剧演员后，她现在渴望征服悲剧。《安提戈涅》还成了一次非官方的试镜。坐在观众席上的有美国剧作家田纳西·威廉斯[②]，他正在为制作伦敦版本的《欲望号街车》寻找一位女演员，来饰演布兰奇·杜波依斯。

① 《安提戈涅》，公元前442年古希腊悲剧作家索福克勒斯创作的悲剧作品，被公认为戏剧史上最伟大的作品之一。

② 托马斯·拉尼尔·威廉斯三世，以笔名田纳西·威廉斯闻名于世，20世纪美国最重要的剧作家之一。代表作有《欲望号街车》及《热铁皮屋顶上的猫》等。

第五章

5

欲望号街车

“费雯·丽饰演的布兰奇……当然是我在任何地方的任何一家剧院所看过的最悲惨的人物之一。为了拼尽全力撕扯我的心弦，她当然首先撕碎了她自己的心。”

——田纳西·威廉斯

1947年，《欲望号街车》在百老汇上演，这部作品为田纳西·威廉斯赢得了普利策戏剧奖，据此改编的电影使马龙·白兰度一举成名。故事的背景设置在战后闷热的新奥尔良，主人公是一个名叫布兰奇·杜波依斯的落魄的南部女郎，她在自己的家园——美梦庄园背负了如山的债务，不得已去投奔她的妹妹斯特拉。布兰奇酗酒、神经紧张、生活糜烂，她拼命想从中逃脱出来，但总是成功不了。当她遭遇了斯特拉的丈夫斯坦利·考沃斯基那原始的野蛮无情对待后，布兰奇的心智彻底崩溃了。

塞西尔·比顿在纽约看了这部剧后向费雯诉说了它的不同凡响。1948年，费雯拿着剧本去了澳大利亚，没过多久她也坚信威廉斯笔下这个柔弱、受伤的女主人公确实是超乎寻常的。

是费雯·丽的个性，而不是她的演技引起了田纳西·威廉斯的兴趣。他和宾基·博蒙特的搭档艾琳·梅耶·塞尔兹尼克一起来到伦敦，两人每天都去那家剧院。“费雯在《安提戈涅》里演得并不太好，”

他在 1949 年 5 月 8 日给朋友唐纳德·温德姆的信里写道，“但是我现在有一种感觉，她也许能演好布兰奇，虽然她在《丑闻学校》中的表现不错，但更多的原因来自她本人的个性，而不是她的演技。她有很大的魅力。”在新剧院观察了三场演出之后，事情落定，演出合同在博蒙特家的晚宴上得以签署。不久，奥利弗夫妇举办周末宴会，宴请了威廉斯夫妇。艾琳·塞尔兹尼克和威廉斯的搭档弗兰克·梅洛也受到了邀请，费雯的此番好意令梅洛深受感动。后来，1963 年，当梅洛由于肺癌病重时，费雯举行了宴会，邀请梅洛当座上客。“费雯出于发自内心的同情，使整个宴会以他为中心，这份记忆总是让我对她感到亲切。”威廉斯在自己的回忆录里写道，“她做得非常自然……她知道疯狂的滋味，懂得人之将死是什么感觉。”随着时间的流逝，威廉斯越来越钦佩她作为一名演员的才华，而他们之间的友谊更是弥足珍贵。

《欲望号街车》的排练开始于 1949 年 8 月 29 日。从一开始，费雯就发现自己被寄予了厚望。伊利亚·卡赞曾导演过《欲望号街车》的百老汇版本，本着忠实于原作的宗旨，开始同艾琳·塞尔兹尼克和威廉斯通力合作。艾琳·塞尔兹尼克希望自己能和导演奥利弗一样幸运，同时也希望通过与威廉斯的合作，费雯·丽和其余的演员都能受益颇深。但实际情况并不是这样，在艾琳·塞尔兹尼克的回忆录里，她叙述了在和奥利弗的合作过程中她遇到的挫折。作为电影大亨路易斯·B. 梅耶的女儿和制片人大卫·塞尔兹尼克的前妻，她喜欢展现自己，而由于他的自负，她常常不得不控制自己的脾气才能继续合作。最让艾琳·塞尔兹尼克生气的是奥利弗公然违背威廉斯“未经我的许可不能有任何删减”时的那种漫不经心。他说：“那家伙不会介意的。他为什么会介意呢？导演当然有权力做自己想做的，或者做出调整，只要他认为合适。”

艾琳·塞尔兹尼克相信，奥利弗被他那伦敦剧院的地位冲昏了头脑，同时把他的态度归咎于对这部戏的讨厌和误解。然而，在曼彻斯特试演的时候，奥利弗在米德兰酒店给田纳西·威廉斯写了一封冗长的信，这封信的内容揭示出，他修改剧本的主要原因是因为费雯。

奥利弗认为，《欲望号街车》的确非常了不起，但是，如果不是费雯态度坚决地要出演，他是不会选择去导演它的。他们的一部分朋友相信，去演一个如此触到自己痛处的角色是不明智的；更不明智的是，奥利弗早就知道她神经脆弱，还鼓励她这么做。但是，过往经历已证明，费雯一旦决定做什么事，就不会回头，所以奥利弗才决心在背后支持她。“他们经常说我疯了才去瞎尝试，”费雯·丽说道，“但是布兰奇是一个如此真实的角色，一个一切都被剥夺了的女人的真实故事。她是个悲剧人物，而我能够理解她。”这也是一个从心理学上来说极具危险的角色，然而，它能使费雯成为一名永远受人推崇的演员。她需要一个自己信任的导演帮助，而没有人比奥利弗更合适了。

《欲望号街车》在纽约大受欢迎，奥利弗担心伦敦不仅会把它看作是一部美国戏剧，还会把它看作是外来的追求感官刺激之作。尽管有宫务大臣的强制审查制度，但对于这样一部毫无疑问涉及色情的戏剧，伦敦西区仍会措手不及。

奥利弗在幕前和幕后都有足够的经验，深知评论家对观众的影响力。扮演米奇的伯纳德·布莱登记得奥利弗曾这么说：“如果评论家们给观众造成误导，那么错误的人们将会因为错误的原因来观看这部戏。”奥利弗坦率地告诉威廉斯，剧里的某些场景太长，重

▲ 费雯·丽和劳伦斯·奥利弗在曼彻斯特歌剧院，参加《欲望号街车》的伦敦选拔赛。费雯·丽主演，劳伦斯·奥利弗导演。

复且唠叨。必须让观众们自始至终将关注点集中在费雯（即布兰奇）身上，这样他们才不会错过重点或者失去兴趣。在这方面，费雯同意她丈夫的意见，但是她同样认为对一些重要台词的不必要削减，将毁掉这部戏的真正意义。

对费雯来说，《欲望号街车》是一部以现代形式展现出来的古希腊悲剧，如果不原封不动地保持威廉斯原作中的错综复杂，就不能正确地传达它的意思。她是唯一敢和奥利弗争论的演员。但伯纳德·布莱登怀疑，费雯通常屈服于丈夫的固执，是因为她知道自身的局限性，从而依赖奥利弗的专业知识来塑造自己的演技。“当他给她一个她明知是错误的指示时，她不确定他单单是因为没有理解透其中的意思，还是找到了一个弥补她不足之处的方法。”

试演前不久，艾琳·塞尔兹尼克同奥利弗和博蒙特开了一次强制性会议。费雯没有被邀请，后来听艾琳·塞尔兹尼克谈论说，这是要纠正奥利弗给这部剧造成的损害，随后也要纠正费雯的表演。对所有相关者来说，这是一次“刺激的体验”。

到了10月初在曼彻斯特开演时，一些被删减的片段得以恢复，非常明显，余下来的几个月对费雯来说将是非常大的挑战。曼彻斯特歌剧院是一个巨盆形状的剧院，演员只有嗓音响亮才能让所有观众都听到。尽管上过正规课程，但是费雯的声音依然是她的弱点之一。首场演出前的下午，奥利弗召集了一次带妆彩排，到了第三幕开始时，费雯便表现出精疲力竭的样子，并引起了大家的关注。接下来伦敦的奥德维奇剧院要小一些，这减轻了费雯·丽的许多负担，但是6个月之后，她还是身心俱疲，于是她的医生们命令她将演出量减到一星期4次。

伦敦的票很快销售一空。第一晚演出，费雯获得了观众们长时

▲ 摄于 1949 年伦敦奥德维奇剧院，劳伦斯·奥利弗祝贺费雯·丽在《欲望号街车》里的成功表演。尽管这部剧引起了很多争论，但是费雯·丽在首演当晚获得了观众长时间的起立鼓掌。

间的起立鼓掌。然而，公众对该剧本身的反应，正如奥利弗夫妇当初担心的那样。很多人只把《欲望号街车》看作追求感官效果的色情戏。“我每晚在伦敦出演，观众的反应非常糟糕，因为他们仅仅把它看作是关于性的不愉快的东西，”费雯·丽失望地说，“大概英国人极度性压抑，这部剧正戳中了他们的痛处。”诺埃尔·科沃德和乔伊斯·凯里一起去观看这部剧，认为费雯棒极了，但观众“猥琐”、剧院“可恶”。约翰·吉尔古德同意这个观点，他向美国的阿尔弗雷德·朗特和林恩·方坦报告说：“这些观众就像发情的猩猩。这很遗憾，我认为这和人们对旧南部的误会有关，但这是田纳西最诗情画意的一张明信片……”

费雯遇见一件令她非常不开心的事情。伯纳德·布莱登被安排在格雷西·菲尔茨主持的一档广播节目《我们格雷西的工作聚会》里客串，费雯通过布莱登坚持要邀请菲尔茨这个戏剧女演员来参加《欲望号街车》里的一段表演。她从来没有忘记，1935年她俩一起在巴兹尔·迪安导演的《仰面大笑》里合作时，菲尔茨对她的鼓励。费雯一直挂念着这位昔日的搭档，期待能报答她对自己的帮助。她会照顾菲尔茨的时间来安排。任何一个晚上……随便哪个晚上都行。

菲尔茨则认为《欲望号街车》不适合自己，但布莱登仍设法劝说她来参加星期六的表演。后来，布莱登发现菲尔茨在其化妆室给他写纸条。“我是对的，亲爱的，”她对他说，“我不合适。我在这张纸条里说了，我认为你们都很可爱。你能好心帮我把它送出去吗？”菲尔茨离开了，甚至没有顺便去看望一下费雯。布莱登不敢告诉费雯发生了什么，只把纸条从门缝塞了进去。“我不知道的是，费雯早就为格雷西·菲尔茨准备好了龙虾和香槟酒。”这次的怠慢没有被轻描淡写地一笑而过，在星期二接着表演时，费雯·丽见到了布莱登，并平静地告诉他："我认为你的朋友真是不懂礼貌。"

伦敦西区观众不合适的反应丝毫没有减少费雯对《欲望号街车》的赞赏，所以当好莱坞电影版本里布兰奇这个角色的机会摆在面前时，她毫不犹豫地接受了。经过326次劳心伤神地扮演布兰奇，费雯·丽于1950年8月初启程去了美国。她乘坐艾奇逊－托皮卡－圣菲铁路公司引以为傲的"超级老大号"[①]，从纽约开始，来了场横越美国的旅行。一星期后，奥利弗也跟来了，签约主演根据美国现实主义作家西奥多·德莱塞的小说《嘉莉妹妹》改编，由威廉·惠勒执导的电影。

这是奥利弗夫妇自从十年前征服好莱坞之后，第一次来加利福尼亚。他们的名气并未沉寂，他们在海外的活动使他们带着令人尊敬的光环，给记者和其他演员们留下了不可磨灭的印象。费雯仍然那么漂亮，新闻界高兴地报道称，她和奥利弗的关系是"剧院里最浪漫的事情之一……他们在战争中做了这么棒的工作，因此对于他们，人们只有爱意、热情和钦佩"。为了通报他们回来的消息，丹尼·凯和他的妻子西尔维亚·法恩在贝弗利山酒店举行了一场人均400美元的豪华晚宴。据设计了费雯在《欲望号街车》里服装的设计师露辛达·巴拉德所说："票非常抢手，人们甚至威胁说如果自己不被邀请，就要在费雯的脚边自杀。"费雯当时16岁的女儿苏珊娜并没有参加，而是享受着她破天荒的好莱坞之旅。《洛杉矶时报》八卦专家赫达·霍珀也没去，她曾在1939年批判过让一个英国女孩儿扮演斯嘉丽·奥哈拉，显然她从来没和费雯好好坐下来相处过。

---

① 艾奇逊－托皮卡－圣菲铁路公司是美国著名的铁路公司，其"超级老大号"列车（Super Chief）横穿美国大陆，把许多明星从芝加哥带到了好莱坞，因此素有"明星之列"的称号（The Train of the Stars）。

▲ 艺术导演理查德·戴的一张布景设计图，画的是伊利亚·卡赞导演的电影版《欲望号街车》开场时的布兰奇·杜波依斯。

聚会、晚宴和舞会的邀请函塞满了制片人查尔斯·K.费尔德曼位于柯德沃特峡谷街住所的邮箱，因为奥利弗夫妇在整个旅行期间都住在那里。他们的工作安排非常紧张，所以更喜欢安静的周末聚会。星期日，他们通常会在克利夫顿·韦勃位于贝弗利山的住处，在雷金纳德·加德纳、琼·贝内特、费尔德曼以及两名最近刚结识的仰慕者，劳伦·白考尔和亨弗莱·鲍嘉的陪伴下，享受演员们的璀璨午宴。费尔德曼的前妻——由演员转行做摄影师的珍·霍华德，经常在现场为这些明星们拍照。在1989年举办的拍摄回顾展里，霍华德解释了奥利弗夫妇在好莱坞的影响："没有比费雯和劳伦斯·奥利弗更浪漫、更专业的组合了。他们向我们演绎了最理想的爱情……很遗憾他们无法一起拥有更快乐、更健康的生活，费雯的抑郁症给他们两人带来了巨大的痛苦。"

在到达洛杉矶之前，费雯就开始了关于《欲望号街车》这部电影的工作。伊利亚·卡赞和她一同乘坐那列从纽约出发的火车。他们整个旅程都在复习剧本及讨论表演。不同于奥利弗在伦敦的经历，卡赞在纽约可以自由地演绎剧本，而现在，为了从好莱坞审查大师约瑟夫·布林那里得到放行信号，剧本不得不做出改变。因此，布兰奇被斯坦利强奸的场景仅仅通过暗示就一笔带过了。有关布兰奇疲惫精神状态症结所在的所有信息——她那年轻早逝的同性恋丈夫——都被略去了。电影结尾，斯坦利得到了他应有的惩罚。

这些修改似乎没有像在伦敦舞台剧制作时那样给费雯·丽造成困扰。此时，她已经习惯了围绕着审核制度工作，她说："有些事必须含蓄地表达，但是我认为无论如何都不能有任何不公平的妥协。"卡赞更直言不讳，他在《纽约时报》上登了一个版面，来斥责这种"霸权主义"，这种审核组织对好莱坞有着相当大的影响力，目的就在

▲ 摄于 1950 年，费雯・丽饰演《欲望号街车》的宣传肖像画，由剧照摄影师伯特・西克斯拍摄。

▲ 上图：费雯·丽和导演伊利亚·卡赞最初觉得彼此合作非常困难，但是他们的合作最终造就了费雯·丽主演的最佳影片之一。

▲ 下图：在《欲望号街车》拍摄场地的聚会，导演伊利亚·卡赞、费雯·丽和演员尼克·丹尼斯。可以看见卡尔·莫尔登正在幕后微笑。

▲ 马龙·白兰度和费雯·丽正在扮演斯坦利·考沃斯基和布兰奇·杜波依斯之间删减与否仍有争议的强奸戏。

于为观众制造“下流图片”。卡赞的这一做法没有对他的事业起到帮助作用，却无疑促进了门票的销售。该影片上映之后，为了处理布兰奇的糜乱状态和斯特拉对斯坦利的色欲追求，华纳兄弟公司又剪掉了一个5分钟的连续镜头。这些删减保持了四十多年，在1993年影片再次发行时才得以恢复。

虽然费雯十分钦佩卡赞导演，并对他们能合作表达了兴奋之情，但刚开始时，关于应该怎样在银幕上扮演布兰奇，他们的观点并不一致。按照她的说法，卡赞被布兰奇“激怒了”。“我无法同意他的观点，我知道这个角色应该怎么演，我已经在舞台上演了9个月了。我按照自己的方式演，最终，卡赞和我的观点达成了一致。”卡赞把这看作是表演风格问题。《欲望号街车》的电影版本有重大意义，它标志着在好莱坞历史上传统的表现派[①]和方法派[②]之间的碰撞。“方法派表演方法”以康斯坦丁·斯坦尼斯拉夫斯基的观念为基础，在纽约演员工作室由李·斯特拉斯伯格执教，被亨弗莱·鲍嘉和克拉克·盖博这些明星们概括为战前表演模式的对立派。为了给角色增加真实度和深度，学习方法派表演方法的学生们被鼓励用最原始的情感去亲身体会。

《欲望号街车》百老汇版本里全体方法派的演员们，都被调到了这部电影里，除了布兰奇的扮演者——洁西卡·坦迪。费雯是一个更响的名字，华纳兄弟制片人查尔斯·K.费尔德曼想确保《欲望号街车》不但能在艺术上取得成功，也要在商业上获得成功。开始

---

① “表现派”，戏剧表演艺术流派之一。主张通过对周围物质世界与精神世界的现象进行细致观察后再用心模仿自然。同时表现派不提倡下意识生活在情境里，而是强调拿捏和设计。

② “方法派”，又称“方法演技”或“方法派表演”，是一种影视戏剧表演技巧。主张通过演员外在的肢体动作的表情深入地挖掘出人性的复杂性与人的多变性。

的时候，卡赞发现从坦迪到费雯的过渡是充满挑战的。“她一到这儿，就想把舞台的表演带入电影，而我并不喜欢这样。”卡赞说，“奥利弗的导演是基于一个英国人对美国南部的看法，是从远处看；费雯对于这个角色的观念也有一点儿老套，就像我导演一个英国角色时可能出现的情况一样……所以，一开始的几个星期我真是烦透了。”费雯先前出演的那些影片，证明她在摄影机前比她的很多好莱坞同行表现得更加自然，但是这一次，导演由奥利弗换成了卡赞，她就遇到了困难。

尽管这时的奥利弗忙于将自己沉浸在《嘉莉妹妹》中的乔治·赫斯渥这个角色中，但有人怀疑可能因为费雯很抵触卡赞的执导，所以奥利弗暗地里在指导费雯。费雯竭尽全力把自己转变成布兰奇，杂志《银幕》里这样写道：“她不在乎外表如何，甚至欢迎丑化容貌的人工皱纹。她不想看起来漂亮，她也不在乎有利的拍摄角度。她只想做布兰奇。”十年后回顾这部影片时，费雯说：

“容貌美并不重要，真正的美是心灵美。我在《欲望号街车》里想竭尽全力地让人们看到，当布兰奇十七八岁，和她年轻的丈夫恋爱时是什么样子的。这些变化是非常重要的，因为……你应该可以看出她是什么样子的，这些是怎样慢慢发生在她身上的……你必须唤起一个完整的人物，用年轻、温柔、对别人充满信任时的她对照后来的她——愤世嫉俗、生硬、疯狂、痛苦、心烦意乱。”

卡赞想让费雯发生由内而外的转变。以他作为导演的视角：“她有那么点儿才华，但是她的倔强超过我所认识的任何女演员。假如她认为什么会对她的表演有帮助，那么即使前面是碎玻璃她也会爬过去。”像奥利弗所倾向的那样，不求冒险，从外向内去构建她的性格是远远不够的。为了和其他演员充分配合，费雯不得不深入其中。想充分调动她尚未完全感知的情绪是一项艰巨的任务。但一旦水闸打开，费雯便会全身心地投入到角色中，以至于影片拍摄完成后还很难从角色中回到现实。“我有9个月都在剧院里做布兰奇·杜波依斯，”她对《洛杉矶时报》说道，“现在她来好莱坞支配我了。”

大体上来说，费雯很享受在电影《欲望号街车》中的演绎工作。她注意到在自己不在好莱坞的时间里，影片的制作过程似乎更有效率了。卡赞的管理方法不像她之前经历过的那些。他分出一个空间作为排演大厅，准备布景的同时，演员们在那里温习即将上演的场景，他用这种方式把费雯插进这个合演已久的演员组。

费雯非常感激她的合演者们为了欢迎她而做出的努力。她尤其喜欢扮演斯特拉的演员金·亨特。亨特反过来也对费雯·丽只看一遍手稿就能精确指出接下来该怎么做的能力大加称赞。她的《乱世佳人》合演者也早就注意到了这一点，这在好莱坞女演员中是十分稀有的。亨特在1990年说：“我一点儿都没注意到布兰奇这个角色非常私人化。”她认为费雯是一个非常坚决的人，一个在很多方面都很强大的人。而且值得一提的是，在拍摄过程中亨特完全没有意识到费雯有任何疾病的存在。

马龙·白兰度的视角却与众不同，他似乎在审视费雯的整个生活。回顾过去，他相信费雯曾经完美演绎了布兰奇这个角色，因为她生活在她的角色里。“在许多方面，她就是布兰奇。”他在他的自传里写道，“她美貌绝伦，在银幕上看更是无人能敌，但是她也有弱点，她自己的生活就曾经非常像田纳西笔下那只受伤的蝴蝶。在有些方面她与布兰奇是相似的，尤其是当她精神恍惚时。”

▲ 上图：摄于 1950 年，费雯·丽到威廉·惠勒导演的《嘉莉妹妹》的演出现场看望劳伦斯·奥利弗。

▲ 下图：费雯·丽非常享受《欲望号街车》的拍摄过程。马龙·白兰度和金·亨特都称赞她在影片中的表演。

那些希望英国的“表演女王”和好莱坞的“最新的坏男孩儿”之间能来场爆炸式对抗的记者们感到很失望。费雯·丽和白兰度首次见面是在华纳的演员休息室。他们只是闲聊了一会儿舞台工作，然后白兰度就去找费尔德曼和卡赞了，为的是让费雯吃完她的午餐。《欲望号街车》才只是白兰度的第二部影片，费雯认为他一开始“很奇怪”“太做作”。他会问她：“为什么你必须对每个人说早上好？”关于这个问题，她回答：“因为这的确是一个美好的早上，再说了，不管怎样，说这句话都是件好事，所以为什么不说呢？”随着拍摄的进行，他们变得非常和睦。费雯很高兴她的合演者能“说一口流利的英语，不带一丝停顿”。白兰度的模仿才华也给她留下了深刻的印象——他经常模仿奥利弗在《亨利五世》中所说的台词。“他是我见过的唯一能惟妙惟肖地模仿拉里的人。”费雯·丽说，“我闭上双眼，他就真成了拉里。”

所有演员里，唯独卡尔·莫尔登从未对费雯的才华或魅力产生过好感，他在这部影片里扮演米奇。他不赞同费雯饰演布兰奇时的那种轻浮，而是更喜欢洁西卡·坦迪的稳重形象。莫尔登对费雯的看法可能被戏外的一场意外给着色了——拍摄结束后，奥利弗夫妇在查尔斯·费尔德曼的家里举办了一场聚会，邀请了《欲望号街车》里的所有演员。莫尔登夫妇来晚了，发现其他客人已经在餐桌旁就座了。莫尔登被叫到某张桌子前，他的妻子莫娜则独自一人坐在池塘边。在他的自传里，莫尔登描述道，费雯和当时来好莱坞参观的约翰·巴克马斯特也来到了池塘边。可是她和巴克马斯特继续说着话，对莫娜不闻不问。后来莫娜告诉他这件事时，莫尔登非常生气。“费雯不需要礼貌，甚至不需要文明。”他写道，“毕竟，她是斯嘉丽·奥哈拉嘛。”

▲ 费雯·丽和卡尔·莫尔登扮演的决定性一幕，布兰奇正是在这里透露了自己的过去。

令费雯非常沮丧的是，她扮演的布兰奇不可避免地引起了和斯嘉丽的比较。1958年，当她出现在爱德华·R.默罗的电视访谈节目《微观世界》时，肯尼斯·泰南问，为什么她总是在扮演南部女郎的角色。费雯回答："只有两次。多少年里有两次，20年。所以这不能算多吧。"她把布兰奇和斯嘉丽看作两个完全不同的人，两人都被生活"抛弃"，但是一个克服了，而另一个屈服了。费雯了解《乱世佳人》的巨大成功仍然余温未散，不过也许是因为她已经下定决心要将自己从好莱坞和斯嘉丽之中剥离出来才这么说。

然而，她没意识到的是，这部影片已经牢牢抓住了美国人的心。20世纪50年代，人们对斯嘉丽和布兰奇演绎过的南方上层社会有一种强烈的怀旧情绪。通过成功饰演这两个角色，费雯成了南部女郎的电影原型，这个形象一直延续至今。

伊利亚·卡赞认为费雯在重要场景里的表现非常精彩，并且下半场比上半场要好很多。评论家们想要找出她表演中的失误却屡屡失败。通过扮演布兰奇·杜波依斯，诞生了一个新的费雯：一位能传递巨大深度和痛苦的、更成熟的女演员。在好莱坞，她是"英格兰伟大的费雯·丽"，她拥有"一张表现力丰富的脸，和一双能淹没感情和身体、随心灵和风格而转动的眼睛"。《洛杉矶时报》的理查德·格里菲斯认为，她给了我们一场"彻底的、毁灭性的表演"。在纽约影评人协会最佳女演员奖颁奖典礼上为她做介绍的博斯利·克罗塞说，他很少见到演员将发自内心的痛苦以这样的灵敏度和清晰度投射到银幕上。《假日》杂志要求美国电影艺术与科学学院去"擦亮奥斯卡奖杯吧……费雯·丽无懈可击地演绎了布兰奇这个角色"。费雯的表演甚至感动了无情的英国评论家。"一个人只有眼睛瞎了才能对费雯的表演才华视而不见。"C.A.勒琼写道，她曾对费雯在《乱

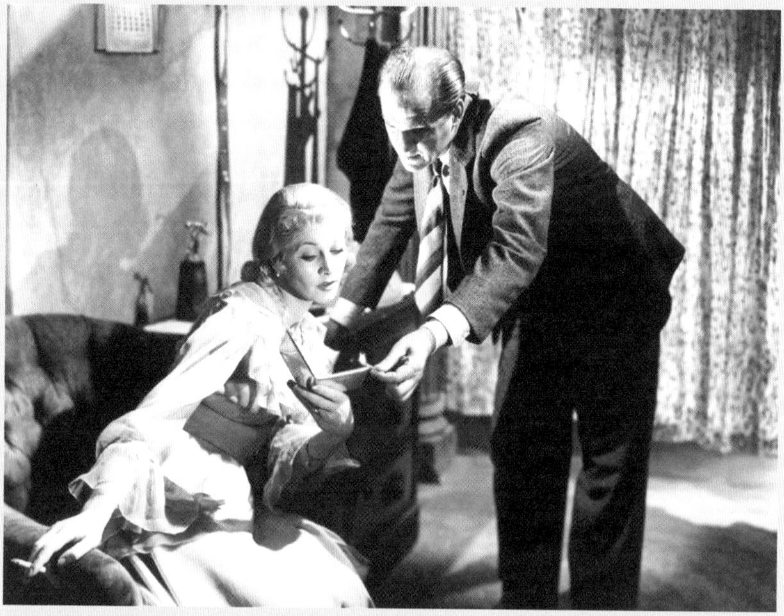

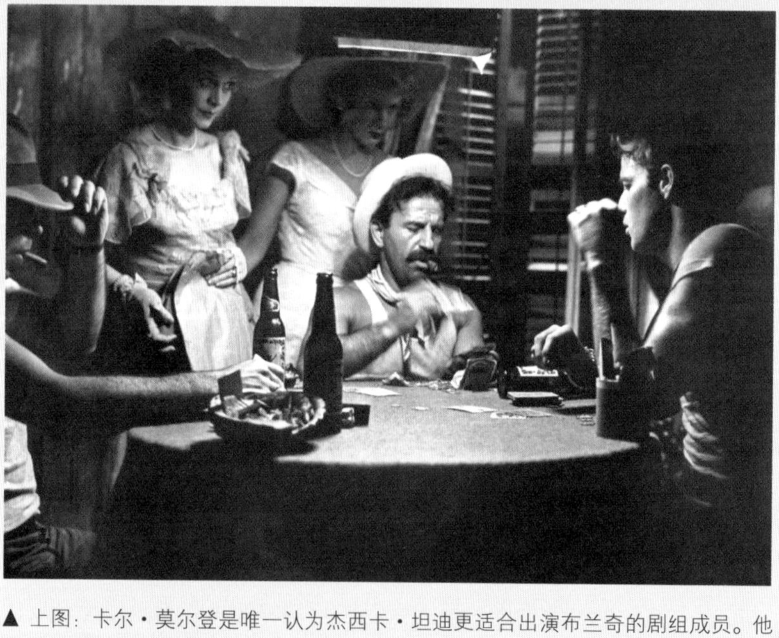

▲ 上图：卡尔·莫尔登是唯一认为杰西卡·坦迪更适合出演布兰奇的剧组成员。他不赞同费雯·丽在角色中彰显的色情意味。

▲ 下图：在《欲望号街车》里，费雯·丽是唯一一个非方法派表演方法的演员。她也是唯一没有出现在百老汇《欲望号街车》版本里的首席演员。从左至右：鲁迪·邦德、费雯·丽、金·亨特、尼克·丹尼斯、马龙·白兰度。

世佳人》中的角色不屑一顾，因为费雯代表的是好莱坞，而不是英国国民。“不被她打动是可能的，但是不感到印象深刻和炫目是难以想象的。她扮演的布兰奇是一个在金色外壳下闪闪发光的女子，虽然不是那么清晰可见，但是不管从哪个角度看都光芒四射。”

在后来的数十年里，人们一度倾向于马龙·白兰度具有开创性的鲜明的现实主义表演。费雯用在布兰奇身上的那种夸张的表现手法被一些人看作是一种障碍，他们提出要抛弃她的这种演技。在《新传记电影词典》一书里，大卫·汤姆森指摘费雯看起来似乎同她的合演者们处在两部完全不同的影片里。因为她有剧场表演的背景，所以只要批判费雯比起表演的实质更注重风格，就极易令人轻信。但是，这其实是角色性格的本质——布兰奇·杜波依斯是一个过时的局外人，发现自己处在严酷的当代世界，这里缺乏美和爱，没有她的容身之地，她完全应付不来。

“当然，我读过斯坦尼斯拉夫斯基的理论。”费雯在 1960 年说，“对我来说，方法派表演方法似乎就是：无论说什么，自己都要发自内心地认同，并且要尽量对自己所说的感兴趣。这也适用于生活——对我来说，人生如戏，理应如此。”在银幕上，费雯的表演和白兰度不相上下，并且她在 1952 年的颁奖季赢得了诸多赞誉。

第六章

邪恶魔鬼与蔚蓝深海之间

“费雯美丽动人，精神饱满。她是个典型的天蝎座，总是能得到她想要的东西，继而利用它，烧毁它，只留下美好的回忆和灰烬。”

——亚利克·基尼斯

从好莱坞回到家乡后，奥利弗夫妇马上埋头准备1951年的不列颠节[①]。布景师罗杰·福斯建议他们在不同的夜晚分别扮演萧伯纳戏剧中的恺撒和克莉奥佩特拉以及莎士比亚笔下的安东尼和克莉奥佩特拉。这个计划相当有挑战性，但奥利弗对费雯十分有信心，认为她肯定能够胜任萧伯纳作品中那个年轻温顺的女王。但起初，他对她驾驭莎士比亚戏剧的能力持保留态度，费雯也有同感。虽然她曾成功扮演了让·阿努伊和田纳西·威廉斯戏剧中的人物，但莎士比亚的伟大悲剧对费雯来说是一场来自经典英国戏剧的终极考验。评论家们也对她虎视眈眈，等着看她的才能是否能与她丈夫卓越的才华相匹敌。1937年，她曾出演过一周的奥菲莉娅[②]，然而，这并不意味着她能够演好当前的角色。她和奥利弗10年之

① 不列颠节（Festival of Britain），为纪念1851年英国伦敦第一届世博会，英国政府在1951年举办了一次涉及艺术、建筑、科学技术等方面的展览会。

② 奥菲莉娅，莎士比亚四大悲剧之首《哈姆雷特》中仅有的两个女性角色之一。

▲ 1950 年 12 月，到达蒂尔伯里后，劳伦斯・奥利弗夫妇马上着手筹备不列颠节。

内都没有要演这出戏的打算。她的感情和演技能成熟到撑起这个角色吗？

作为演员，费雯最伟大的品质之一是当别人都以为她会失败时，仍然保持取胜的决心。“我总是在努力完成超出自己能力的事情。”她如是说。在奥利弗的帮助下，她在《欲望号街车》一片中彻底转型。所以这一次，她不再需要任何帮助。“她是个杰出的演员。”奥利弗在其著作《论表演》中写道，“在我看来，她是最棒的克莉奥佩特拉。她在舞台上仪态万方、光芒四射，就像是剧本的创作原型一样……她知道如何演好自己的角色。她完全能领会角色的内涵，又能以自己的理解重塑它，最后向我们展现她的魔法。”欧美的评论家们也都认同这一观点。《观察家报》用“绝世少女”作为标题；《伦敦时报》认为她的表演“无懈可击”。在纽约，波斯利·克洛瑟[①]称赞她“超级棒”。两幕剧的大获成功，正式奠定了奥利弗夫妇在英国舞台上传奇般的“国王”与“王后”的地位。奥利弗回忆说：“费雯和我只不过是沧海一粟。无非是我们比较幸运，大家都想看到我们罢了。”在国王街的圣詹姆斯剧院取得这一演出季的成功后，他们转战纽约，很快又成了百老汇的宠儿。著名的齐格菲尔德剧院中座无虚席，他们一战成名。

1952 年 3 月 20 日晚，费雯坐在她的化妆间里，收听在好莱坞雷电华庞特吉斯剧院举办的第 24 届奥斯卡颁奖典礼的现场直播。《欲望号街车》获得 12 项提名，在各大奖项的角逐中遥遥领先于其竞争者。凯瑟琳·赫本（因《非洲皇后》而被提名）是费雯问鼎最佳女主角奖最强劲的对手。几小时的等待后，罗纳德·考尔曼的声音从

---

① 波斯利·克洛瑟，1940—1950 年间美国最具影响力的影评人，服务于《纽约时报》，常年担任纽约影评人协会主席。

▲ 1950 年 11 月，劳伦斯·奥利弗夫妇在好莱坞拍摄完《欲望号街车》和《嘉莉妹妹》后，从纽约搭乘法国轮船“怀俄明”号启程。

收音机中传出，宣布费雯以其杰出的表演获得最佳女主角头衔。周围的媒体摄影师随即抢拍到了奥利弗的祝贺之吻。由于费雯没能亲自出席典礼，葛丽亚·嘉逊代替她领了奖。不久后，她在伦敦特地举办的一个特殊仪式上领取了该奖。奥斯卡奖项对于费雯来说是锦上添花。她是英国片酬最高的娱乐明星，而现在她的成就已经超出了“舞台上的电影明星”这一范畴。这本应是个令她欢喜的时刻，费雯却不能全心全意地享受胜利果实。在以光彩和笑容示人的背后，她陷入了绝望的深渊，因为她受到了评论界不公正的评判。

肯尼斯·泰南是评论界新秀，他在伦敦迅速蹿红，以落笔辛辣著名。正如美国广播主持人爱德华·R.默罗所说：“如果不是激愤，至少可称武断。”自《汉密尔顿夫人》中夫妇二人“糟糕”的表现伊始，泰南已经数次指摘费雯的表演。他形容她于1949年扮演《欲望号街车》中的布兰奇·杜波依斯这一角色为“矫情、举止轻浮，没有深度，没有悲伤，全无发展余地——最重要的是，丝毫看不到布兰奇破碎的理想”。如果奥利弗夫妇或他们的影迷之前曾留意到泰南的话，没人会同意他的观点。然而，在此后的十年中，他一直使费雯陷入悲伤——因为他狂热地崇拜她的丈夫，而视她为死敌。

泰南喜欢以偏激的观点挑起论战。当奥利弗夫妇正借由这两部戏剧得到各项荣誉时，泰南正受雇于珀西·爱兰德，是《伦敦旗帜晚报》的编辑。他先是向喜剧演员、歌手丹尼·凯开火——当时凯在伦敦风靡一时；之后，他又将枪口转向费雯·丽，开始“以恰当的眼光审视她”。他稳步推进挑战计划，揪住费雯的一个角度——年龄不放。而当时，她正对这个问题日益敏感。“说到底，站得越高，摔得越狠。”泰南写道，“当你是一个年近不惑的著名女演员时，情况更是如此……”

▲ 左图：1951 年，劳伦斯·奥利弗夫妇在伦敦的家里和他们的暹罗猫“新男孩”合影。那时他们被认为是英国最受欢迎的演艺夫妇。

▲ 右图：劳伦斯·奥利弗夫妇扮演莎士比亚戏剧《安东尼和克莉奥佩特拉》（安古斯·麦克宾摄于 1951 年）。劳伦斯·奥利弗在他的《论表演》中称赞道，费雯·丽的演出好似莎士比亚能够窥视未来，被费雯·丽激发了灵感。

而仅仅在6年前，这家报纸还称费雯为“英国舞台上唯一一位励志的女明星”。在遭到读者广泛而强烈的反对后，泰南从报社辞职，转而投奔更有影响力的《观察家报》，成为英国戏剧中反主流文化的忠实拥趸。公众对费雯的支持从未动摇，她从始至终是“人民的女演员”。然而，她试图与奥利弗并列的愿望激起的批评声也不容忽视，其中泰南对她造成的伤害最大。

奥利弗夫妇在纽约逗留期间，住在女演员葛楚德·劳伦斯的豪华公寓里。据奥利弗称，他有几次回来时都发现费雯坐在他们的床角，双手掩面失控地哭泣。他试图安慰她，并找出她痛苦的原因，但都失败了。她同时也反常地对他们的社会声望十分着迷。“如果我们因为太疲倦而谢绝出席某次聚会，她第二天早上会翻遍纽约的每份报纸，查找有关我们缺席的报道。”

奥利弗不是唯一目睹费雯情感脆弱的人。曾与他们合作过《恺撒和克莉奥佩特拉》的演员威尔弗莱德·海德·怀特回忆说，费雯“特别虚弱，她在候场时会发抖”。这也证明了她严格的自律和职业素养——在表演过程中，她会摆脱所有症状，但当帷幕落下时，她就没法保持情绪稳定。于是，奥利弗决定为她寻求精神方面的帮助。

在某次采访中谈到她与躁郁症所做的斗争时，费雯说：“演员都是害羞的人；我的情绪在大喜大悲中来回转换。”当时的采访主题是20世纪中期的禁忌，公众对这个主题都一无所知并且存在偏见。对费雯来说，公开承认病情意味着被社会排斥和职业的终点，她不愿冒任何风险。但伴随着恐惧，她也对她在躁狂时期的判若两人感到深深的羞愧。1953年，医生做出了正式诊断，但由于她的第一次异常症状，她在纽约被诊断为精神分裂症和癔症。由于害怕美国医生会泄露她病态的心理状态，她拒绝任何进一步的心理咨询。

一个月后，他们乘船回英国，中途奥利弗安排他们在牙买加停留一段短暂的时光，当作度假。他希望阳光和大海能够减缓费雯的病情，她迫切需要休息。奥利弗待在诺埃尔·科沃德的住所，向他们的老朋友透露了他对费雯的忧虑。科沃德在日记中讲述了他与这对夫妇的单独谈话："拉里担心费雯，她正经受着精神抑郁的折磨。我与她进行了长时间的交谈，试图说服她认识到神经疲劳是身体疲劳的结果，她需要长时间休息。一想到她的内心正在遭受痛苦折磨，我就非常难过。"两天后他们离开时，科沃德记录了自己对费雯心理稳定性的担忧。沮丧之迷雾开始浮现，一场风暴正在平静中酝酿。

费雯对下一项工作的选择给丈夫敲响了警钟。她选择了根据罗伯特·斯坦迪斯的小说改编的电影《象宫鸳劫》。电影讲述了这样一个故事：一位名叫露丝·威利的英国女人嫁给了一个茶场主，并迁居到他在锡兰的种植园。她田园般的新生活由于文化隔离、与种植园监工（达纳·安德鲁斯饰）的感情纠葛、霍乱流行，以及大象的蜂拥而来而变得扑朔迷离。虽然《象宫鸳劫》是好莱坞在 20 世纪 50 年代初期典型的动作冒险电影，但电影中的角色却未达到费雯和奥利弗一直以来所坚持的对剧本质量的要求。他们选剧本确实眼光独到，总能够帮助其发展事业。奥利弗拒绝出演这一电影的男主角，转而去完成彼得·布鲁克[①]的《乞丐的歌剧》的后期制作工作。于是费雯兴高采烈地宣布她的搭档将是彼得·芬奇。对奥利弗来说，这并不是个好兆头。

1948 年，奥利弗在老维克剧院的巡演中发掘了芬奇，后者在

① 彼得·布鲁克，英国著名戏剧及电影导演，二十世纪五六十年代现代舞台剧的代表者。

▲ 上图：费雯·丽被宣布为奥斯卡最佳女主角奖获得者。

▲ 下图：来自劳伦斯·奥利弗的祝贺之吻——费雯·丽获得了她的第二个奥斯卡最佳女主角奖。

悉尼一家玻璃工厂里的表演给他留下了深刻印象。奥利弗提出要把这位年轻的演员纳入自己麾下。1949 年，深受鼓舞的芬奇和他的妻子——芭蕾舞团的舞蹈演员塔玛拉·茨纳罗娃以及他们的女儿安妮塔搬到了伦敦。他与奥利弗签订的长期合同使他能够与英国最著名的演员夫妇保持密切联系。芬奇与理查德·伯顿和彼得·奥图尔一样喜欢喝酒，费雯则认为他有着非凡的帅气外表和粗犷的性感。在锡兰，潮湿、怀旧的气氛加剧了她已经高涨的情绪，不久她和芬奇坠入情网。

费雯在这一时期的行为开始逐渐显示出躁郁症的明确症状。她的情绪在心碎绝望和异常高涨的兴奋之间循环交替，如果不加干预，精神就会完全失常。她反复经历诸如此类情感的极端体验，而她的种种行为也被周围的人误解了。在她的头脑里，有两个费雯势均力敌，就像战场上陷入僵局的两个士兵。她无力控制自己，这两个极端压倒了她，扭曲了她的真实本性，以至于她所爱的人很难同情和应付得来。她的躁郁症持续了一年多，内心变得孤立无援，对自己作为艺术家的能力失去了信心，并发现自己的注意力难以集中。自杀的想法伴随着内疚的焦虑一起到来，如果没有药片的帮助，她几乎无法入睡，而且进食困难使她的体重急剧下降。抑郁使她感到“就像海底的变形虫一样”，当躁狂症的旋风袭来时，她几乎被摧毁。24 小时内，她会体验到情绪的显著提升，然后很快失去自制力，在媒体面前口无遮拦，甚至丧失判断力、推理力和洞察力。在这个阶段，由职业和繁忙的生活带来的压力是主要的触发因素。

1953 年 1 月下旬，在抵达锡兰后不久，费雯就开始给奥利弗发奇怪的电报。她告诉他，自己在冲动之下买了一匹马；一条毒蛇和自己聊天，告诉自己应该带一家演艺公司到南亚丛林，等等。不到

▲ 1952 年 6 月，费雯・丽因《欲望号街车》获奥斯卡最佳女主角奖。她在伦敦的一次特别仪式上领奖。

两周，奥利弗就收到了派拉蒙制片人伊尔文·亚瑟的紧急请求，希望他能马上到锡兰来和费雯谈谈，因为费雯记不起她的台词了，这绝不符合她平常严谨的职业态度。费雯意识到奥利弗要来看她，却不知道他为何而来。于是她发电报说希望奥利弗能推迟他的行程，他们可以二月底在好莱坞见面，但她的建议被忽视了。

经过一段漫长而疲惫的旅程后，奥利弗来到科伦坡，发现费雯在机场等他。在车里，她坚持两人要在休息室喝一杯酒，并好好交流一下。当丈夫理智地建议她回去工作时，她勃然大怒。在康堤的住处，费雯的女仆埃塞尔·海姆辛告诉奥利弗更多的细节：费雯和芬奇都酗酒，不能胜任工作。最重要的是，她夜夜不眠，并且和她的搭档在星光闪烁的小山上过夜。四天后，当奥利弗意识到当时唯一能影响费雯的人是芬奇后，奥利弗向亚瑟表示“自求多福”……然后他无奈地回到英国，去了作曲家威廉·沃尔顿爵士和他的妻子苏珊娜在意大利伊斯基亚岛的家中，向他们寻求安慰和建议。

外景拍摄于二月底完成，演员和剧组人员回到好莱坞，为电影下一步的完善做准备。费雯经常性失眠，而失眠会伤及身体和影响情绪，继而导致拍摄日程出现问题。“我不可能永远完美。”当别人指出这一点时，她气愤地厉声道，“我40岁了，如果电影不喜欢我，我会回到舞台上去。在那里，化妆后别人就看不清我的脸……然后人们不会说我看起来很累，我希望我永远是19岁的斯嘉丽·奥哈拉。”

费雯同意在拍摄过程中接受好莱坞绯闻女王路易勒·帕森斯的采访——这是一个欠考虑的决定。“我想这将是我的最后一部电影，”她漫不经心地说，“生命太短暂，不能总是努力工作。我喜欢锡兰，想在一月和二月回去。跟我来……你会喜欢它的，你应该抽时间去旅行。这是我明年想做的，所以我不打算再拍电影了。”然后，她开始说帕森斯“虚荣”，因为她穿着高跟鞋。帕森斯注意到她的憔悴、紧张地喋喋不休和疲倦，但“不知道她病得如此严重”。

离开外景地后，费雯和彼得·芬奇的关系暂时终止了。芬奇决定退出这段关系——可能是考虑到妻子的最后通牒，也可能是因为他情人的精神失常使他感到忐忑不安。不久之后，好莱坞开始流传一种谣言：费雯家中发生了罪恶的事情。3月11日傍晚，她的朋友尼文被叫来调查这件事情。当他驾车来到费雯在汉诺威大道上租来的豪宅时，发现她和前男友约翰·巴克马斯特在一起，精神完全错乱了。奥利弗曾形容巴克马斯特是“疯狗”。事实上，巴克马斯特花了很长一段时间在多家精神病院治疗他自己的心理障碍。在费雯精神严重受损的时候，他是最糟糕的同伴。巴克马斯特和费雯花了一个晚上的时间在游泳池里嬉戏，“他们喜欢把钱撕得粉碎，但当他建议他们应该一起从一扇高窗里飞出去时，费雯还是保持了底线”。尼文发现自己没法同时应付这两个人，于是向英国演员斯图尔特·格兰杰寻求帮助。他们一起设法强行把巴克马斯特从费雯家里赶走，然后制服费雯。这是一项艰巨的任务，而他们处理得很巧妙。伊尔文得到通知：他的电影明星病得很重，早上没法来报到了。于是他们又赶快召回了正在欧洲的奥利弗。尼文和格兰杰都担心：如果媒体得知费雯正在经历“精神崩溃”，她在好莱坞的前途就毁于一旦了。

尼文和格兰杰在1953年的那个周末照看费雯的可怕经历令他们终生难忘。几十年后，他们都在各自的回忆录中叙述了这件事（尼文曾用假名“密西”来隐瞒费雯的身份）。巴内·库利博士是费雯在好莱坞的医生。他交给格兰杰一个强效镇静剂处方，让他去施瓦布的药店买药，并指示尼文把所有的刀子和其他锋利的厨房用品锁起来，然后他联系了精神病医生弗雷泽·麦克唐纳。费雯一直在四处走动，身上只围着一条毛巾。她开始产生幻觉，尼文设法哄她一起看电视。当时没有电视节目，但费雯依然坐在那里呆呆地看着黑白屏幕嗡嗡作响。“偶尔她会发出一阵笑声，指着电视机。”尼文回忆道，“有时她会因恐惧而蜷缩，有时她又恐怖地尖叫着向我靠近。”她拒绝吃药，事情变得非常糟。格兰杰为她做的加了药的晚餐，她却让尼文吃掉了一半，导致尼文昏倒，并且还把剩下的药片扔进了游泳池。清晨，麦克唐纳医生带着援军来了。

在她精神崩溃的日子里，费雯和她丈夫之间的沟通变得越来越少。3月6日，她因《欲望号街车》这部电影赢得了英国电影和电视艺术学院奖[①]，奥利弗赴莱斯特广场剧院替她领奖。他打电报亲切地祝贺她，但依然担心无法与她通话。在过去，他们之间总是保持着频繁的通信。当奥利弗终于来到费雯的身边时，他对等待着他的一切毫无准备。她站在阳台上，“眼睛迷雾蒙蒙的，由灰及绿又到蓝”。他把她抱在怀里，听她讲述她爱上了彼得·芬奇，也知道了麦克唐纳的护士们对她进行的粗暴治疗。

费雯第一次精神病发作是在医学界使用药物治疗严重疾病的初期，第一种投入临床试验的抗精神病药是从那时起才有的。1950年，缺乏药物使许多患者接受了试验疗法，这些疗法往往弊大于利，会留下永久性的损伤。在好莱坞，费雯也接受了这种试验疗法。她向奥利弗抱怨说她被绑在床上，裹在湿床单里，湿热的身体渐渐变冷，令她害怕极了。好莱坞的另一位女演员吉恩·蒂尔妮在堪萨斯的一家精神卫生诊所接受了同样的治疗，她也在遭受躁郁症的折磨。“出院时，我觉得我已经失去人性了。”蒂尔妮说，“对我来说，那是

---

① 英国电影和电视艺术学院奖，1948年首次颁发，相当于英国的奥斯卡奖。

▲ 费雯·丽、彼得·芬奇和亚伯拉罕·索法尔在拍摄《象宫鸳劫》期间合影。费雯和芬奇在拍摄期间陷入婚外情。

我受过的最严重的侮辱。”公司出于经费的考虑把费雯送回了英国。即使在20世纪50年代，私人精神医疗也非常昂贵。最终，制片方终止了与她签订的价值17.5万美元的合同，用伊丽莎白·泰勒代替了她，尽管费雯在这部精细打磨的电影中花费了很长时间。由于没有了收入来源，她的治疗费用还要依靠丈夫。奥利弗花了50个小时与麦克唐纳博士及他的同事商量。最后，院方在伦敦南部的耐森医院为费雯安排了一个病房。

回家的长途旅行使每个人都筋疲力尽。尽管努力保密，媒体还是风闻了费雯的危机。《洛杉矶时报》报道说，在机场，这位悲惨的演员在紧张的气氛中崩溃了，她在尼文的怀里啜泣。在纽约，奥利弗不得不让费雯接受镇静剂注射来控制情绪。她吓坏了，生气了，拼命反抗。在两个男人面前尖叫：“这是骇人听闻的虐待！”幸好镇静剂不久就发挥了作用。1953年3月20日傍晚，他们的飞机在伦敦好奇的旁观人群的簇拥下降落了。费雯在奥利弗的帮助下走下飞机，她那时还能对着人群微笑。当天晚上，她在著名的精神病医生鲁道夫·弗罗伊登伯格博士的监督下入院。奥利弗透露：

“把她带回家是一个不可思议的噩梦，她进行了最强烈的抵抗。当然，我跟她在一起。她遭受了极大的痛苦。”

“然而，与现在她的轻松和安全相比，过去10天的恐怖经历是值得的。我相信耐森医院里英国最好的医生，我会与她一起应对未来的任何困难……”

耐森医院坐落在萨里郡的林间，自爱德华时代以来一直是精神病院。第二次世界大战后，它取得的成就获得了世界性的声誉。1948年，前第一夫人埃利诺·罗斯福访英期间，公开表示美国可以从耐森医院所做的工作中学到很多东西。鲁道夫·弗罗伊登伯格博

▲ 1953年3月，漫长而艰难的飞行后，费雯·丽和劳伦斯·奥利弗一起抵达伦敦。照片里，后面是她的医生阿曼德·切尔德（左）和精神病学家鲁道夫·弗罗伊登伯格（右）。

士在改善医院条件方面发挥了重要作用，推动了卫生方面广泛的制度改革。

弗罗伊登伯格出生于德国，在纳粹执政期间移民到英国，一直是治疗精神分裂症方面的先驱。他为病人开展了一系列的社会项目，包括艺术疗法、职业疗法和社会活动，等等。他被同事形容为“热情幽默……一个好老师，一个好倾听者，一个有同情心的朋友，乐于帮助那些处于困境中的人”。奥利弗已与弗罗伊登伯格打过几年交道——他的姐姐西比耶在1948年入院，并对弗罗伊登伯格赞不绝口。奥利弗也很感谢他对费雯仁慈的治疗方案。

在弗罗伊登伯格的照料下，费雯接受了一种由巴比妥类药物引起昏迷的长期睡眠治疗法，并在昏迷期间接受了多次电击治疗。当时，由于药物缺乏，电击疗法被广泛用于从严重抑郁症到强迫症的精神疾病治疗。当病人睡觉时，电击是最好的方法，因为醒来时病人通常不记得治疗过程。这种疗法最常见的副作用是短期的失忆。实际上，这种疗法非常有争议，也使病人很痛苦。塔奎因（费雯的继子）很快就看到了她“太阳穴上灼伤的痕迹”。在1953年的一个疗程中，她病情突然发作，嘴唇肿胀地离开了弗罗伊登伯格的治疗室。在接下来的几年里，费雯在几个不同的精神病医生处自愿接受电击疗法，但是她后来停止了治疗，因为觉得疗效不佳。不过，在1955年，睡眠和电击疗法的结合似乎表面上帮助她恢复了真实自我。

奥利弗一直关注着费雯的病情。“治疗进展顺利，”弗罗伊登伯格在3月29日写道，“但她的恢复仍需要时间。她在4个小时的时间里醒来，吃饭、吃药，然后重新入睡。她的情绪摇摆不定，很少回忆起离开好莱坞后发生的事情。”这是意料之中的事。尽管费雯的情绪仍然不稳定，但弗罗伊登伯格对结果抱有希望。4月5日，

▲ 1953 年，在一次聚会上，费雯 · 丽在她精神崩溃后第一次公开亮相。

他发现费雯"安静而友好"。早晨他把一封奥利弗的信递给她，那天晚上她告诉他，她"收到了一封来自丈夫的、令人愉快的信"。

关于费雯病情的猜测似乎永远不会结束。远至印度和澳大利亚的仰慕者都来信表达了关切：有些人推荐了专家和治疗方案；不止一个人提倡由罗恩·贺伯特[1]创立的"排除有害印象疗法"新哲学。所有人都清楚公众有多么爱戴她。阿兰·登特将她比作一位在声名大噪时死于肺结核的悲惨的法国女演员："亲爱的，优雅、善良的女人，现在你已经得到警告了。你的灯光原本调得太亮，但它已经被忠实的拉里巧妙而及时地调暗了。全世界都相信你可以逃脱伟大的瑞秋（指伊丽莎白·瑞秋·费利克斯）那样英年早逝的命运。"

费雯的疾病改变了一个年轻女子的命运。"下星期二晚上我要找一个安静的角落，在19岁的时候，把我的生命储备下来。"她的女儿苏珊娜在《太阳日报》上引用了她的话说道——那时她正在皇家戏剧艺术学院学习，"我母亲的不幸使我不得不问自己这个问题：'我应该继续梦想成为一名伟大的女演员吗？还是我应该更明智地去从事平凡的工作，从而躲开心痛和泪水？'"1950年费雯在某次采访中曾提到，自己试图阻止苏珊娜进入演艺界。除了强调新入行的演员在寻找工作方面面临的挑战外，费雯还暗示她要付出巨大的努力才能维持自己在职业生涯中的地位。最终，苏珊娜放弃了继承母亲事业的想法，与她的丈夫，保险经纪人罗宾·法灵顿和他们的三个儿子一起过着宁静的乡村生活。

在耐森医院待了3个星期后，费雯出院了，并被转移到伦敦市中心的大学医院进行下一步康复治疗。她的亲朋好友们带着礼物拥

① 罗恩·贺伯特，美国作家，山达基教教祖以及戴尼提创始者。

入她的病房，这时费雯在病床上向他们微笑，她又变回了那个他们喜爱的女人。在充足的休息和持续的心理治疗后，她完全康复了。为了逃避媒体，奥利弗把她带回了家，并花大量的精力消除他们之间的裂痕。毕竟，过去几个月的创伤并不容易被遗忘，他们都害怕病情反复。

根据科沃德的说法，费雯“郑重地许诺将来会变好，她不会像二十几岁疯狂的小青年一样生活”。但魔鬼、躁狂和抑郁一直在她潜意识的阴影中潜伏，她的余生都将与它们战斗。回到她热爱的舞台后，前景还是值得期待的。泰伦斯·拉提根为她和奥利弗写了新剧本，夏末秋初的时候，费雯又开始准备登台了。

第七章

7

爱情的尽头

“如果人生可以重来，有两件事我依然会做。一是成为伟大的演员，二是嫁给劳伦斯·奥利弗。”

——费雯·丽

《睡王子》似乎是引领病后的费雯重回舞台的完美戏剧。这出戏是著名剧作家泰伦斯·拉提根的作品，原计划是在1953年6月开演，与女王伊丽莎白二世的加冕礼同期。然而，为了等费雯康复，开演不得不推迟。虽然比原计划晚了4个月推出，但疯狂的影迷们毫不在意，大家只想看到费雯饰演的女主角——灰姑娘玛丽·摩根。玛丽是个美国合唱团女演员，她爱上了古板的喀尔巴阡公爵（奥利弗饰）。公众欣喜地看到费雯重现旧日的风采，在舞台上熠熠生辉。虽然奥利弗认为这部戏只是普通级别的有趣，但他依然称赞费雯“舞台魅力令人着迷”。《睡王子》在曼彻斯特的慈善演出票房高达1.2万英镑，在格拉斯哥、爱丁堡、纽卡斯尔和布莱顿等几个地区的票都销售一空。然后，他们前往伦敦凤凰剧院，从费雯的40岁生日（1953年11月5日）一直演到1954年7月。

《睡王子》之后，奥利弗参与了著名制片人亚历山大·柯达的独立电影项目。他自编自导自演了莎翁的作品《理查德三世》，让英国女演员克莱尔·布鲁姆接替费雯出演安夫人，费雯则选择主演拉提根 1952 年作品《蔚蓝深海》的电影版，导演是乌克兰籍的安纳托尔·李维克，该片采用变形宽银幕技术[①]拍摄。

理论上来说，《蔚蓝深海》一定会大获成功。因为这部电影的编剧拉提根是英国当时最著名的剧作家之一，曾经创作《文斯洛男孩》《白朗宁版本》等著名剧作。去好莱坞之前，李维克已经是欧洲大陆广受赞誉的著名导演，德国著名导演、编剧马克斯·奥菲尔斯就深受他的影响。与柯达签约之前，李维克最著名的作品是悲剧电影《蛇穴》，在该片中奥莉薇·黛·哈佛兰饰演女主角——一位精神病院里的病人。

拉提根与李维克的强强联合，理应创造出令人难忘的艺术作品，但这部电影却没有给费雯留下愉快的记忆。费雯出演的作品似乎会对她有某种持续的影响，所以这部电影的沉重主题并不利于她的情绪。拉提根的故事讲的是一位生活在当代的安娜·卡列尼娜——海丝特·科尔耶，这位女主角是个生活优裕的少妇，丈夫是法官科尔耶爵士。海丝特邂逅了一位前英国皇家空军飞行员弗雷迪·佩奇，两人坠入爱河后，她放弃了那段安稳却空虚的婚姻。海丝特为弗雷迪牺牲一切，割舍了富裕安稳的生活，搬进他肮脏的小公寓。不久后，弗雷迪变得冷淡，得不到回应的单恋让海丝特感到孤立无助，最后选择自杀。

虽然与费雯关系很好，但无法否认的是，柯达选择她出演《蔚蓝深海》的确是场冒险。因为《象宫鸳劫》事件使得她的信誉度降低，而无论她因为什么原因无法完成这部电影，都将损失大笔资金。不过，

---

① 最初的电影画幅比是 4∶3（1.33∶1），1950 年左右出现了电视，以同样的画幅比对电影市场产生冲击。因此，电影需要有更大的屏幕，更宽更广的视觉体验才能留得住观众。变形宽银幕技术产生于 20 世纪 30 年代，在 50 年代的电影市场应用广泛。

尽管选择她可能会有很多麻烦，柯达仍然相信费雯的票房号召力。柯达给了她高达6.5万英镑的片酬，以及选角上的最终话语权。这部电影的配角包含了一些英国电影界里非常有个性的演员，比如科尔耶爵士由埃姆林·威廉姆斯饰演，米勒先生由令人又爱又怕的埃里克·波特曼饰演。

但是，有一件事很奇怪：费雯要求选肯尼斯·摩尔饰演自己的爱人。他的外貌与她常合作的男主角的外貌相去甚远，但他是当时英国最红的明星之一，并且曾经在最初的剧场版中出演弗雷迪·佩奇。结果证明这个选择是错误的。他们之间气氛冷淡，呈现在银幕上的化学反应非常尴尬，两人还时常为了角色的表现方法争论不休。不管以一个演员还是以自身的标准，摩尔都不喜欢费雯，并且直言不讳。更重要的是，费雯“需要迷倒众生，需要别人不断地赞美她的美貌，要得到这样的结果，必须在她旁边安排一个毫无吸引力的无聊女人”。费雯去世之后，阿兰·登特邀请他参与编写回忆录，这位演员写道：“我永远不会真正信任她，我对她的怀疑几乎就要超过友谊的分量了。因为受到了太多的赞誉和爱，所以我认为她被宠坏了，脾气很差。”

这部电影的回忆段落在瑞士小镇克洛斯特斯取景，珍·霍华德拍下了费雯和安纳托尔·李维克的合影。据霍华德所述，李维克以“仅次于乔治·库克的女性题材导演”闻名。费雯与库克关系十分亲近，奇怪的是，她与李维克却并不那么亲密。1955年，费雯在接受《摄影爱好者》杂志采访时，曾称赞李维克“是个好导演，非常通情达理，也很有耐心”。演员莫伊拉·李斯特（该片中饰演海丝特爱管闲事的邻居道恩·麦克斯韦）对李维克的印象与费雯大不相同。“他秉持着这样的信念，你必须先摧毁演员，才能得到好的表演作品。”李斯特告诉雨果·维克斯，“他每天都在系统性地摧毁费雯，直到

▲ 费雯·丽与肯尼斯·摩尔在瑞士克洛斯特斯的外景拍摄地。

▲ 拍摄《蔚蓝深海》的回忆片段时，安纳托尔·李维克给费雯·丽和肯尼斯·摩尔导戏。

她哭出来为止，然后他会说：‘好的，现在你进入情绪了，来拍这个镜头吧。’他对她真的很苛刻。”

尽管一部分评论家，例如《纽约世界电讯》的奥尔顿·库克，曾将这个角色称为“费雯最辉煌的成就之一”，但大多数意见仍认为这个角色“一点儿也不适合她”。她的朋友阿兰·登特对这段表演做出了犀利而诚恳的评价：“不管表演有多完整，费雯饰演的海丝特也不如旧版《蔚蓝深海》中的佩吉·阿什克罗夫特，后者看起来简直就是角色本人。另外，费雯也不如后来出演同一角色的古姬·威瑟斯。费雯的美丽与优雅一开始就不适合这个角色……她没有改变自己光辉耀眼的形象，也可能是导演要求她不要改变，以至于怎么看也不像陷入困境的海丝特。”

对于这些评论，费雯深感失望，将这部电影归于自己职业生涯中的失败之作。1955 年 8 月，《蔚蓝深海》上映之后，麦克·丹尼逊看到了这部电影。他曾因出演安东尼·阿斯奎斯执导的《不可儿戏》中的阿尔杰农·蒙克里夫一角而声名鹊起。与许多评论家不同，他认为费雯演得很好，并告诉了她。“她瞬间流泪并说道：‘谢谢你，麦克……你知道，他们对我表演的评价很糟，把我说成一个未谙世事、从未经历过爱情的女人。’”

这是费雯为柯达出演的最后一部电影，也是她演完《乱世佳人》之后仅有的两部没有盈利的作品之一。另一部是《安娜·卡列尼娜》，同样由 20 世纪福克斯公司发行。如今，李维克的电影早已从主流市场中消失了。遗憾的是，虽然在 2011 年特伦斯·戴维斯又重拍了新版《蔚蓝深海》，旧版电影也没能随之重新上映。

1955 年 3 月，奥利弗夫妇前往斯特拉福德的莎士比亚纪念剧院，担任莎士比亚最著名的戏剧三部曲的主演，并出演了一整个演出季。

他们在事业上都处于关键期，也承担着极大的压力。“我从不满足于自己的表演，”费雯说，“作为演员，我就应该饰演我认为值得的任何角色……无论是喜剧还是正剧，只要有好角色，我就会接。”在这一季中，她饰演了《第十二夜》中的薇奥拉，与奥利弗一同出演了《麦克白》（费雯饰麦克白夫人），还有充满激情和仇杀的戏剧《泰特斯·安德洛尼克斯》中悲惨的拉薇妮娅。

这一季最精彩的戏剧是格伦·比亚姆·肖导演的《麦克白》。如今，这一作品被视为“最优秀的《麦克白》版本之一，即便不是史上最佳，也是当代最佳”。戏剧史学家迈克尔·穆伦认为嫁给奥利弗的费雯“饰演麦克白的妻子非常有说服力……她的美貌足够解释麦克白的疯狂迷恋，也暗示了麦克白在受她驱使、满足她的欲望之时，表现出来的是男子气概的增长而非消亡”。她在演出时降低了声音，让角色更有权威感，同时，充分发挥了“角色所需的肢体语言”。

费雯版麦克白夫人广受评论家与其他演员的赞誉。“费雯拥有天赐之美。”阿兰·登特在《新闻纪事》中写道。《每日邮报》的塞西尔·威尔逊则认为她“脆弱的美貌”具有“钢铁一般的新力量”。《苏格兰人报》上的剧评说她“完全掌握了这个角色”。诺埃尔·科沃德认为她在宴会场景中“非常引人注目”，并且“才华横溢”。奥利弗则更甚，他认为她超越了“好”，而是自己见过最“伟大的”麦克白夫人，终其一生，他都这样认为。1965 年，约翰·克莱蒙特接手管理奇切斯特节日剧院，他问奥利弗应该找哪位女演员出演麦克白夫人。奥利弗回答：“如果你想要最好的麦克白夫人，应该去找费雯。”

“跟拉里合作时，我总是特别担心让他失望。”1960 年，费雯告诉大卫·勒文，“你瞧，他是个天才，我总担心跟不上他的脚步，

▲ 安纳托尔·李维克与乔治·库克同样有名，但前者和费雯·丽的关系不像后者与费雯·丽那么亲近。费雯·丽、劳伦斯·奥利弗、乔治·库克合影，1957 年 2 月摄于洛杉矶。

这就成了一种压力。我非常想跟他合演电影版《麦克白》，但就在我第一次上台演麦克白夫人之前，我还告诉拉里，‘如果你觉得我做不到，就去找别人演吧。’”正是这种自我批评的态度和对失败的恐惧，使得费雯忽略了所有赞誉（包括奥利弗的肯定），始终在意个别负面评论。

“上周二，劳伦斯爵士表现卓越。”肯尼斯·泰南在1955年6月13日的《观察家报》中写道，“而费雯小姐演的麦克白夫人，虽然矫揉造作、蛇蝎心肠，在小技巧上还是表现不错的。”措辞并不含蓄，直指费雯不配与丈夫站在同一个舞台上，这一评论成了压倒骆驼的最后一根稻草。多年以来，泰南对费雯一直很刻薄，但他对斯特拉福德演出季的评论把刻薄推向了新的高度。她的疾病似乎为挑剔之火加了一把柴，泰南在对《第十二夜》的评论中说她是“病恹恹的女士”。泰南知道费雯多么努力想成为一名成熟的艺术家，多么认真地对待自己的表演，但他仍然如猎鹰一般向她伸出锋利的爪子，用犀利言辞将她撕成碎片。1983年的一次访谈中，泰南的遗孀凯瑟琳承认，1955年间，泰南对费雯的攻击“完全没有必要”。还是在这次访谈中，奥利弗直率地解释了当时的情况：“肯尼斯认为，对我和我那见鬼的天赋来说，费雯是个入侵者。”费雯去世之后，才得到她应得的评价。20世纪70年代，泰南收回了曾经对费雯的攻击，承认自己对她饰演的麦克白夫人的评价是“我曾经做过的最糟糕的误判”。

一场《麦克白》之后，诺埃尔·科沃德在诺特利修道院庄园过了一夜，目睹了令他“真正恐惧的事”——费雯即将再次崩溃。“她被困住了，可怜的宠儿，她受到了舆论的伤害。”奥利弗只责怪泰南，科沃德却看得更远。他认为这对夫妇的合作关系和婚姻生活都出现了问题。就事业而言，费雯需要脱离奥利弗。“她应该沿着自己的路线走下去，成为一位俏皮、轻松的喜剧女演员，在这个领域里她比我能想到的任何人都更棒……”科沃德认为，只有这样，费雯才能“得到无可攻讦的地位”。

排练这一季最后一部剧《泰特斯·安德洛尼克斯》时，问题出现了。奥利弗在自传中写道，费雯躁狂发作时，他认为自己对她有责任，所以不敢让她离开自己的视线。但她总喜欢一大早在外面闲逛，令人十分担心。他们当时住在埃文克利夫庄园，这是公司位于斯特拉福德的一套河滨房屋。费雯四处乱逛，万一越过花园的底侧，可能会掉进河里溺水；也可能在热闹的聚会被汽车撞了，导致事故的发生。她花钱如流水，睡眠极少。有一次，奥利弗说服她和自己一起开车去萨里见弗罗伊登伯格医生。费雯答应了，但抵达之后，她表现得毫无异样，也不需要任何治疗。这是她习以为常的模式，奥利弗认为，除了在他面前之外，费雯从来不会将问题表露于人前。

费雯的躁狂情绪影响了她在《泰特斯》中的表演。与奥利弗相比，她的戏份很少。而且在很长时间内，拉薇妮娅这一角色都被砍掉了双手、剪掉了舌头。尽管如此，她仍然无法保持专注，“好像失去了与表演的联系”。奥利弗知道这是由于疾病，但那些不了解情况的人往往认为这是因为这一角色对费雯来说太难了。这一季的前些时候，约翰·吉尔古德艰难地执导了这对夫妇在《第十二夜》中的表演，通过一场演出就能发现：“费雯非常糟糕。她完全无法胜任这一角色——站在舞台上像个纸人，没有厚度、没有内容也没有力量，台下的她焦虑、充满敌意而又贪得无厌，未来非常不妙。可怜的拉里如同圣徒一般照顾她，同时还必须表演得尽善尽美。”对于奥利弗而言，工作是最重要的事，于是他开始睡在剧院更衣室里，或者

▲ 左图：劳伦斯・奥利弗夫妇。摄影：安古斯・麦克宾。约 1957 年。

▲ 右图：莎士比亚剧《泰特斯・安德洛尼克斯》剧照，劳伦斯・奥利弗饰演泰特斯，费雯・丽饰演他的女儿拉薇妮娅。摄影：安古斯・麦克宾。1955 年。

▲ 劳伦斯·奥利弗认为费雯·丽是最好的麦克白夫人。摄影：安古斯·麦克宾。

开车前往诺特利修道院庄园过夜。费雯则留在埃文克利夫，彼得·芬奇在那儿陪着她。

1956年初，费雯已经从她最近的一部剧集中恢复过来，并且与诺埃尔·科沃德签约，准备在他的《南海泡沫》中饰演主角。这是一部现代时装喜剧，故事发生在南太平洋的一个热带岛屿上。曾经40年代中期的某一天，在常春藤餐厅享用完中餐之后，她对科沃德的传记作家威廉·马钱特讲了一个关于这部戏的有趣故事。当费雯处在结核病恢复期时，她表示自己迫切希望能去个气候温暖的地方生活一段时间。但当时二战刚结束，关于出国旅行的种种禁令让她很难出行。受到科沃德最新的音乐剧《太平洋1860》的启发，费雯想去萨莫拉岛旅游，却不知道那只是个虚构的地方。科沃德先答应代表她去找卫生部长安奈林·贝文交涉，想办法让她去海岛游玩。然后开始谈论自己想创作的一部新剧，名叫《弗林岛》。"我当时又累又乏，一点儿也不愿去想工作演出之类的事情，"费雯说，"我只想将他拉回萨莫拉岛的话题。"

科沃德告诉她可以去彭达拉岛，并且他可以介绍她认识当地官员的妻子亚历珊德拉·肖特夫人。他告诉费雯在这个岛上可以认识更多有趣的人，还可以租下一栋别墅居住。于是，费雯回到杜罕姆寓所，开始计划度假，她"期待得要哭了"。她在伦敦没有几件沙滩服，她还打算花一周的时间去纽约购买泳衣。当时奥利弗正在那儿演出。她在图书馆中找到了一本旧地图集，却没有发现彭达拉岛和萨莫拉岛。费雯的地理不算太好，所以她"一时冲动打电话给英国旅游协会，希望他们能寄给她一些资料"。可万万没想到，"服务人员非常同情且遗憾地告诉她，萨莫拉岛是诺埃尔·科沃德虚构的！"

马钱特评价科沃德的玩笑听起来简直是自私卑鄙，费雯却愉快

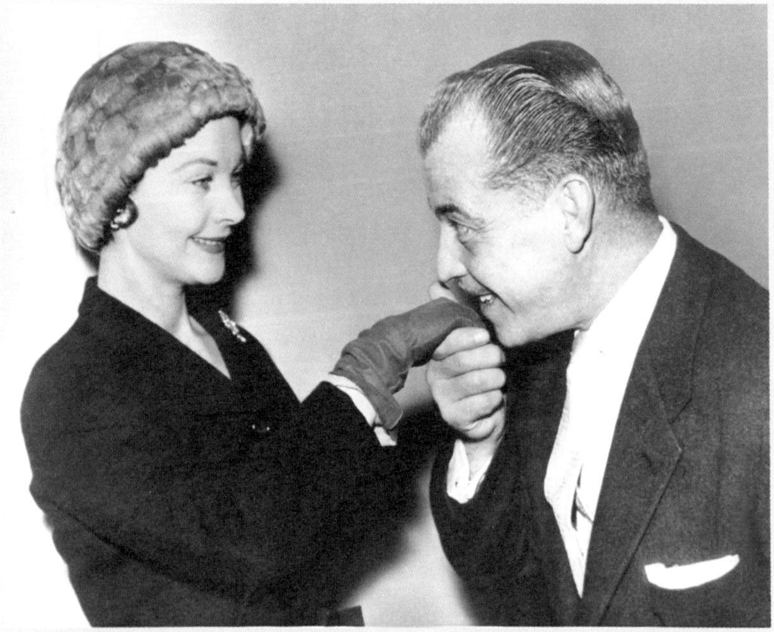

▲ 上图：1956 年，费雯・丽见到她少女时的偶像，拉蒙・诺瓦罗。

▲ 下图：1956 年，费雯・丽与劳伦斯・奥利弗、琼・克劳馥在宴会上。

地笑弯了眼睛，解释说科沃德一直在跟自己讲解那部戏的剧情。“他跟我聊的那位亚历珊德拉·肖特夫人，就是他希望我出演的角色……”

《南海泡沫》虽然已经开拍，费雯却并没有完成全程排演。7月12日，奥利弗夫妇在伦敦的新家朗兹寓所举行了记者招待会，宣布费雯怀孕了，他们的第一个孩子将在圣诞节前后降临。费雯发现，19岁的时候，她是最早做母亲的女演员之一。现在，她42岁了，又将成为最晚做母亲的女演员之一了。她雇好了保姆，选择了黄色和白色作为诺特利修道院庄园中婴儿房的颜色。他们希望能够生一个女儿，取名叫凯瑟琳。“哦，你知道的，男人嘛，”她揶揄着，抬起头看着站在她身后的奥利弗，“老了以后都希望有一个女儿。”

关于费雯怀孕的事情，诺埃尔·科沃德只比公众早知道一会儿。他为了跨国避税而住在百慕大，费雯在那里联系上了他，说医生建议自己离开《南海泡沫》剧组，静养休息。奥利弗本来打算亲自飞到巴黎去告诉他，但由于太忙而未能成行。科沃德气坏了，不仅因为费雯从这部戏一开始就知道这一切，也因为这么多年来自己一直是奥利弗夫妇最亲密的朋友，这件事却没有人提前告诉他。他感到自己被轻视了，写信给宾基·博蒙特说：“虽然奥利弗家即将诞生的神圣的小生命对我来说意义重大，但经济出现危机对我影响更大……我真的真的希望这两个灵魂在满怀期待的重逢之时，少一点儿激情，多想想别人。”科沃德也表达了自己对这个孩子的关切，预言他可能会提前降临，给所有人一个惊喜。他的预言实现了。8月11日，费雯离开了剧组，然而第二天她就不幸流产了。

海丝特·圣约翰·艾夫斯是奥利弗哥哥迪基的妻子，1953年之前也住在诺特利修道院庄园，她目睹了流产给费雯带来的巨大痛苦。海丝特不确定一个孩子是否能挽救费雯的婚姻，也不知道能否让她获得开启幸福之门的钥匙。从费雯与苏珊娜的关系来看，“她当然完全不希望孩子干涉自己的生活。”但是，想想费雯年轻时对待自己的大女儿露易丝（海丝特的大女儿）的方式，海丝特认为她“再次成为母亲一定会收获乐趣与幸福”。她会非常喜欢有这么一个小人儿，拿着小铲子，跟自己一起在花园游玩的。

费雯觉得自己应该为奥利弗承受的压力负责，特别是在《游龙戏凤》拍摄期间，他正在与玛丽莲·梦露合作，众所周知，这位明星非常难以相处。这种想法让她非常难过。实际上，选择梦露作为女主角最开始是她的主意。1953年，在《睡王子》演出期间，费雯观看了电影《愿嫁金龟婿》，随即被梦露的表演迷住了。“天哪，她太可爱了。我告诉拉里这个女孩在喜剧表演方面很有天赋，并建议他选择梦露作为女主角。”费雯还补充说，自己太老了，已经不适合出演这个角色了。令她颇感沮丧的是，奥利弗很欣赏这个建议，认为与这位好莱坞金发女郎合作，会给自己的电影事业带来新的刺激。于是费雯又改变了主意，暗示自己想在银幕上重新饰演玛丽·摩根，但奥利弗和拉提根都表示：“哦，但是你的年龄不合适。”

奥利弗对梦露的看法被如实记录在报纸和银幕上。起先他相信自己会爱上她，但拍摄开始后，他就改变了主意。这部电影由梦露投资制作，奥利弗不必担心钱的问题，但他对于浪费光阴深感后悔，因为梦露的整个职业价值理念都与他相冲突。在电影拍摄的53天内，她只有三次准时抵达片场，还经常忘词。梦露是一位方法派演员，但这不是最令奥利弗恼火的（奥利弗本人是表现派演员，他不赞成方法派的表演方式），真正惹恼他的是梦露坚持让李·斯特拉斯伯格的妻子保拉作为她的固定搭档和“伪”导演。总之，奥利弗及其他许多演员、剧组人员都认为梦露不聪明，没有才华，不够专业。

▲ 左图：1956 年 2 月的一个下雪的早晨，费雯·丽在机场送别劳伦斯·奥利弗。为了即将上映的影片《游龙戏凤》，劳伦斯·奥利弗前往纽约去见玛丽莲·梦露。

▲ 右图：1957 年 6 月，伦敦华纳剧院，劳伦斯·奥利弗夫妇参加《游龙戏凤》首映式。

▲ 1957 年 7 月，费雯・丽站在国王街圣詹姆斯剧院外。1949 年，劳伦斯・奥利弗曾租下这个剧院，她决心保卫它，不任其被拆除。

她有着不可否认的明星气质，但用奥利弗的话来说则“只是个模特，不是演员”。近三十年后，奥利弗才回顾这部电影，承认梦露的“明星表演”，也承认自己的态度过于“暴躁”。

如果费雯和梦露互相熟悉起来，她们大概是有可能成为朋友的。虽然作为演员、广受尊重的公众人物，梦露没有费雯那样的声望，但是她们在个人层面上有许多共同点。和费雯一样，梦露也有心理上的困扰（据传记作家亚当·维克托所说，现代精神病学专家认为梦露患有边缘性人格障碍，后来她也的确在精神病院里住了一段时间）。除了这些问题之外，她们都有一种让人着迷的脆弱感。费雯是《欲望号街车》里唯一一个不是美国人的演员，也是唯一一个非方法派的演员，她完全知道应该如何饰演一位银幕上的局外人，梦露在《游龙戏凤》中也是一样。她们同样缺乏演戏能力上的自信，都力求避免类型化，迫切地想证明自己不是只有一张漂亮面孔，也不只是一种性感的象征。尽管如此，费雯仍然站在奥利弗一边。她和梦露充其量不过是竞争对手，不是朋友。

《游龙戏凤》杀青后不久，奥利弗开始排演青年剧作家约翰·奥斯本的《艺人》，饰演过气的戏院演员阿尔奇·赖斯，这也将成为他职业生涯中最伟大的角色之一。奥利弗第一次看约翰·奥斯本的戏，是被费雯拉去看的《愤怒的回顾》，当时的费雯无法预料到这件小事会给自己带来怎样的变故。看完之后，奥利弗又和阿瑟·米勒一起看了一遍，奥利弗观看完后决定要和奥斯本合作，并要求他为自己创作一部新剧。

费雯怀疑奥利弗想以《艺人》为契机，拆散这段婚姻。1948 年以来，奥利弗曾积极寻找适合他们出演夫妇的剧作。一开始，他选择由多萝西·图丁饰演自己的女儿，建议费雯饰演妻子。他认为，

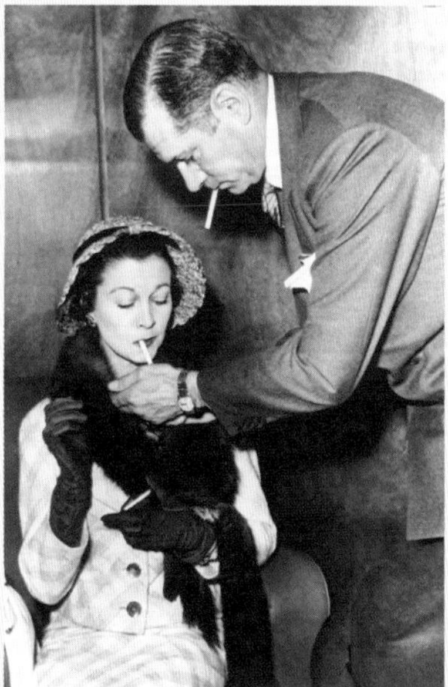

▲ 上两图：《泰特斯·安德洛尼克斯》巡演至威尼斯。摄于 1957 年。

▲ 下左图：1957 年，《泰特斯·安德洛尼克斯》欧洲巡演期间，劳伦斯·奥利弗夫妇在威尼斯的圣马可广场喂鸽子。

▲ 下右图：《泰特斯·安德洛尼克斯》巡演至巴黎。摄于 1957 年。

虽然对于妻子这个角色而言，费雯太过于年轻漂亮，但也许可以通过特殊化妆来让她变老变丑。然而，奥斯本和导演托尼·理查德森都否定了这个想法："英国公众永远不会接受费雯以衰老、丑陋、平庸的形象出现。"最后费雯没有参演这部剧。奥斯本很喜欢费雯，并且感觉到他们夫妻之间发生了什么，所以邀请她陪自己和奥利弗一起到伦敦仅存的几个剧院考察，在皇家宫廷剧院彩排时也请她到场。费雯一向知觉敏锐，善于察人。奥利弗会随着环境调整自己，但在这场新戏剧运动中却没有费雯的位置。潮流已经离她而去，而奥利弗也随着潮流而去。

"没有人喜欢承认失败，我想戏剧界的人尤其如此。对我们而言，乐观是生活的必需品。"在为 W. 麦奎因·波普的纪念册《圣詹姆斯：荣耀的剧院》作序时，费雯这样写道。这是对那些消失的伦敦剧院的悼念，也是对自己人生的感言。她对这幢建筑有着深切的依恋之情，不仅因为她曾经在这里演过无数场戏剧。1949 年，奥利弗租下了圣詹姆斯剧院，因此剧院的荣耀仿佛成了他们婚姻的象征。如今，剧院和他们的婚姻都岌岌可危，费雯决心要拯救它们。

费雯的举动迅速成了头条新闻。1957 年 7 月 11 日，她打断了上议院的一场辩论，之后被强行护送离场。这当然是冲动之下的行为，她当时被一位国会议员的评论激怒了。这位议员评价这幢有着 122 年历史的剧院"只是个维多利亚时代过时了的戏园子，既不方便也不舒适，毫无建筑上或历史上的价值"。此后，她率领一大群剧院的同事，手持横幅和广告牌，沿着斯特兰德游行。买下圣詹姆斯剧院的开发商费利克斯·芬斯顿也随之出现在了电视上。

新闻界以严厉的口吻批评她的这次示威游行。费雯的新任精神科医生亚瑟·康纳奇私下里评价这一行为是躁狂症发作。然而，对公众而言，她成了某种意义上的英雄。费雯这样的名人愿意为保护民族遗产发声，让群众欣喜若狂。信件从四面八方涌来，哪怕在苏格兰那么远的地方也有人写信来感谢她“勇敢”“无畏”“令人钦佩”“令人感动”的抗议。她被比作女权主义者，被誉为极具品位、充满勇气的人。一位汉普斯特德的女士说，如果像费雯这样的女性能更多一些，“英国会变得更好”。1957 年，费雯与前夫利·霍尔曼在意大利度假，尽管他们的女儿苏珊娜也在，媒体还是谴责了她。这次度假引发了她和劳伦斯·奥利弗即将分手的流言。

尽管费雯非常努力，依然无法筹集到足够的钱将剧院从开发商手中买回来。圣詹姆斯剧院于 1957 年 7 月 20 日关闭，同年 10 月被夷为平地，为一大片办公楼让路。“她失败了，但虽败犹荣，因为不利因素实在太多了。”W. 麦奎因·波普深情地写道，“但我们英国人总是热爱失败者。凡是热爱圣詹姆斯剧院的人，都会感念丽小姐的壮举。她只是为了保住某些我们相信的事物。”今天，圣詹姆斯剧院原址放着一块剧院牌匾，用以纪念费雯“史诗般的战役”。

费雯与奥利弗婚姻的解体是一个漫长而痛苦的过程。诺埃尔·科沃德发现他们“被观众的喝彩困住，肉体激情多年前就已燃尽，他们在冰冷的灰烬中挣扎……他们很杰出，很成功，令人艳羡，被人崇拜，同时也非常不幸且不快乐”。这个问题的核心是奥利弗无法应付费雯的疾病，她还总不愿意寻求治疗。直到 1959 年，她才承认这样一个事实，她承受的不只是“有点儿疲惫……或者有点儿紧张之类的”。然而，那时奥利弗已经决定要离开她了。

在“圣詹姆斯战役”之前，奥利弗夫妇随着《泰特斯·安德洛尼克斯》巡演了整个欧洲。这是 1955 年斯特拉福德演出季的延续。虽然戏剧非常成功，巡演之旅却是费雯情感上的灾难。整个巡演之旅充斥着夜不能寐的疲乏、舞台下面因分歧而暴发的咒骂、部分演员酗酒、通过火车上的碎窗户刮进来的狂风以及其他演员的恐惧。奥利弗的助手科林·克拉克说："费雯曾经在南斯拉夫殴打一位警察。"巡演结束后，剧团转往伦敦斯托尔剧院进行短期演出。其后的宴会作为费雯最奢侈的行为之一载入史册。这场宴会在诺特利修道院庄园举行，海丝特和迪基都参加了。海丝特回忆说："人们醉倒在前草坪上，包括穿着拉链裙的戴安娜·库柏夫人[①]。我们用露易丝的婴儿浴盆做西班牙冷汤。"他们玩得热闹，但事后收到数千英镑账单的莎士比亚纪念剧院董事会成员却丝毫不觉得好笑。

几个月后，费雯找奥利弗对质，内容是关于他想娶年轻女演员多萝西·图丁的绯闻。后来，奥利弗将这次谈话总结为促使他结束这段婚姻的催化剂。正如奥利弗所写，7 月 31 日的晚上，他刚刚睡着，费雯过来用一块湿毛巾擦他的脸。他去了另一个房间，关门上锁，费雯跟在后面，没完没了地用力捶门。奥利弗终于崩溃了，打开门，抓住费雯的手腕，将她扔回自己的卧室里。他打算把她扔到床上，却不小心将她的眼角撞在了床头柜上。第二天，他们去了英国住房部，继续抗议拆除圣詹姆斯剧院的事情。费雯戴着一个黑眼罩，告诉记者是用来遮盖昆虫叮咬的痕迹。而事实远比昆虫叮咬严重，她差点儿就没命了！

有些时候，奥利弗夫妇也会携手出现在公众场合，但保持恩爱的形象非常困难。1957 年 8 月，他们各自度假，而舆论已经开始怀疑这段婚姻出了问题。费雯、利·霍尔曼和他们的女儿苏珊娜一起去了意大利，而奥利弗和塔奎因一起去苏格兰为《麦克白》选景。

① 戴安娜·库柏夫人，当时的社交名媛。

▲ 1959 年，费雯・丽唯一一次参加电视节目，在英国独立电视台的《九死一生》节目上做了现场表演。她与演员乔治・德文在剧中的第三幕合影。

早在 1955 年，这部电影就提上了议程，费雯渴望有机会在银幕上扮演麦克白夫人，奥利弗甚至还为此写好了剧本，只可惜资金没有着落。柯达本来已经同意投资，1956 年却突然因心脏病去世。此后也陆续有过一些机会，最终都没有成功。有段时间，伊丽莎白・泰勒的丈夫——制片人迈克・托德考虑投资，但 1958 年 3 月，他在一次飞机失事中丧生，于是这部电影彻底搁浅了。

考虑到奥利弗拍摄其他的莎士比亚电影的名望，毫无疑问，如果这部电影能顺利拍出来，必将在电影史上占据独一无二的地位。但它是否有助于修复他们的婚姻，这很值得怀疑。1957 年底，奥利弗重演《艺人》，琼・普莱怀特代替图丁出演简・赖斯。奥利弗与 28 岁的普莱怀特坠入爱河。普莱怀特刚从布利斯托尔老维克戏剧学院出来，很多方面都与费雯相反。在她身上，奥利弗看到了开启新事业、新生活的希望。根据约翰・奥斯本的说法，奥利弗的坦白让费雯进入了一种“无休止的休克状态”。

与奥利弗疏远的两年里，对爱情和友情的渴望帮助费雯渡过了难关。她与生俱来的魅力，加上勇气和谦逊，使那些在她的躁狂发作时被她伤过的人仍然坚持了下来。“拥有这些朋友，费雯真的非常幸运。”海丝特说，“她有一种催眠般的魔力，让你想要留在她身边。”费雯能够激发别人强烈的奉献精神，有时甚至来自全然意料不到的人。1958 年 4 月，她在沙夫茨伯里大道上的阿波罗剧院出演《天使决斗》，导演是让・刘易斯・巴洛特。费雯饰演邪恶的一方，而对立的善良天使则由克莱尔・布鲁姆出演。在拍摄电影《理查德三世》时，布鲁姆曾与奥利弗关系亲密。布鲁姆一直很崇拜费雯，她最喜欢的电影就是《乱世佳人》。尽管她与奥利弗有过短暂的交往，费雯却不在意，还对她表示了喜爱和友好。布鲁姆认为，费雯是“比获得过的赞誉更棒的舞台剧演员”，是一个“可爱、脆弱而美丽的人”。

约翰·奥斯本是另一个看似不可能的盟友。奥利弗在宫廷剧院演出时，费雯经常带奥斯本去吃饭或看电影。他写道：“费雯的美德是热忱。她是希望的物理形态，是绝望的解药，而最致命的罪孽是懒散。”奥斯本是奥利弗忠诚的朋友，同时也同情费雯，所以能够客观地看待他们：“不管别人多么同情奥利弗绝望地挣脱费雯的行为，挣脱她那种具有破坏性的爱，但其实两人也不可能不受影响……痛苦同时淹没了他们两个人。”

被年轻女人打败的挫折几乎撕碎了费雯。1958年10月，奥利弗写信给她，要求离婚，她在利·霍尔曼的家里言辞庄重而激烈地回信：“我已经得出了结论，这是个非常可怕而痛苦的结论。干净、彻底的诀别是我们唯一的出路。所以我决定在精神上和肉体上都彻底离开你……我相信，我能拥有自己全新的生活，而你早就有了。”但是，轻易放弃25年的时光并不像说得那么简单。

奥利弗请费雯的朋友陪伴她，帮她恢复元气，他自己则去好莱坞拍摄斯坦利·库布里克[①]的电影《斯巴达克斯》，并没有打算回到费雯身边。包括劳伦·白考尔在内的一部分人对此表示理解。白考尔在1958年（亨弗莱·鲍嘉去世之后）来到伦敦，与费雯和喜剧女演员凯·肯德尔成立了一个三人团体。奥利弗邀请她去常春藤餐厅吃饭，托她照顾费雯。“这段婚姻的前十年宛如天堂，此后就堕入地狱。现在，一切都结束了。她很需要朋友，奥利弗希望我能坚定地站在她身边，陪伴着她。他非常担心她，在婚姻结束之时他同样十分痛苦。但他知道，如果他不离开，自己就会活不下去。”其他

① 斯坦利·库布里克，美国著名电影导演、编剧、制作人。代表作有《2001太空漫游》《闪灵》《发条橙》等。

1959 年，费雯・丽饰演诺埃尔・科沃德的《照看露露》中的露露。

人则不能理解，希望奥利弗慎重考虑，尤其是对于费雯的健康问题。知道费雯如此难过，他真的不为所动吗？奥利弗将自己的感受告诉了嫂子海丝特，后者一直住在诺特利修道院庄园，对二人的情况都很了解。奥利弗会将费雯放在心上，但摆在首位的永远是他自己的利益。他心里的一些东西起了变化，生存本能随之发挥作用。“我的心为她而痛，”他写信给海丝特，“但我不能让理智随之而去。”在生命的最后阶段，奥利弗回顾了这段婚姻，将费雯比作一个溺水者绝望地拽着救生筏。“我说，很对不起，我无法拯救你。如果我伸手去拉你，只会被你拖下水。”

对费雯而言，时间还没来得及抚平伤口，情况又变得更糟。4个月内，她失去了两位亲密的人。1959年9月，凯·肯德尔死于白血病，年仅32岁。同年12月，费雯的父亲欧内斯特·哈特利去世。这年的圣诞节，她前往瑞士莱萨旺，去诺埃尔·科沃德的山地农舍寻求庇护。从1959年7月起她就一直在出演《照看露露》，并“将它作为权宜之计”。她非常感激科沃德的“不朽友谊”，让这个圣诞与新年“拥有了新的可能性，远比我设想的过得更丰富”。

虽然科沃德经常说费雯的情绪波动让自己很沮丧，但他仍然是她最亲密的朋友之一。在这段艰难的日子里，她的勇气令他大为感动：“费雯的内心深处充满了悲伤，然而在一个短暂的瞬间里，她的眼中明明还噙着泪水，却忽然表现得优雅迷人，通过压制自己的哀痛而展露喜色……我一直很喜欢她，尽管她以前总是歇斯底里，又时常疲惫。但昨晚，我开始钦佩、尊敬她的强韧性格，对她的喜爱之情也加深了。”

1960年2月，一对加拿大夫妇买下了费雯心爱的诺特利修道院庄园。1958年，迪基·奥利弗去世之后，庄园变得难以打理；同时，

▲ 1959年，瑞士莱萨旺，费雯·丽在诺埃尔·科沃德的山地农舍过圣诞。尽管时常觉得她变化莫测的情绪很难应付，科沃德依然是费雯·丽最好的朋友之一。他也是少数几个对这场离婚事件持中立态度的人。

SAS

奥利弗的离去，也让这座庄园失去了情感上的意义。所以，没有理由不卖掉它。于是她写信给塔奎因·奥利弗：

“这是一个令人心如刀绞的时刻……我慢慢地从一个地方走到另一个珍贵的地方，泪流满面地凝视着那些心爱的风景。这一生的回忆，那些难以置信的幸福、甜蜜和宁静都留在了这里。当然我也有其他的难忘时光，但它们都无法与这里的欢乐时光相比。上帝啊，真让人心痛……我和我挚爱的拉里曾携手在这里漫步过成百上千次，我们满怀着好奇与感恩，观赏着周遭的各色美景——感觉我们也有一点儿责任去增添它的美好。这一切使这个地方于我而言变得更加弥足珍贵。”

在过去的 15 年中，这所庄园一直是费雯的天堂——欢乐和梦幻之乡、爱的象征以及困境中躲避世俗的庇护所。她“早已知道它迟早要随风而去”，但离别并不像她想得那么容易。与诺特利庄园道别之后，费雯拯救婚姻的最后一丝希望也破灭了。

第八章

8

迟　暮

“我知道，每个人都会有沮丧的时候，一个人不应总是相信别人，否则就会受到很大的伤害。与此同时，我知道谁是我真正的朋友，这让我的心里感到很安慰。无论会面临什么，我对未来都充满信心。”

——费雯·丽致戈弗雷·韦恩，1964年

费雯与奥利弗的离婚标志着一个时代的结束。20年来，他们是文化名人中的中流砥柱，代表着田园诗般的浪漫爱情，是战后沉闷压抑生活的一剂良药。这是不同于那些仅为提升其在崇拜者眼中的地位而短暂结合的典型好莱坞式婚姻的。尽管多年来，大家对他们离婚的猜测从未停止过，但演艺界最受尊敬的一对夫妇婚姻的终结也确实令全世界震惊。尽管这段婚姻私下里充满了动荡，但对公众而言，它似乎是“永恒不变的”。

费雯感到悲伤，不是为他们之间关系的结束，而是为她和奥利弗的过往。费雯明白，就算他愿意留下，他们也都不会快乐，但是费雯生命中最重要的部分是和他紧紧相连的。现在，这是费雯在成年后第一次发现自己孤苦无依。她被描绘成一个荒凉、悲惨的人物，要知道媒体都倾向于情节剧。《现代影坛》曾出现过这样的标题：“今日的费雯：‘与拉里共度半生后，他因恋上一名年轻女子而选择抛弃了我。’”而《每日镜报》则明确展示她在法庭离婚时痛哭流涕的画面。据费雯的记者朋友戈弗雷·韦恩回忆：“费雯并没有迷失自我，那些希望给予她同情的人都大错特错，到头来他们将一无所获。”奥利弗也批评那些人“都犯了严重的错误，因为她不会被任何不愉快或疏远打垮”。

费雯需要接受精神病方面的治疗，以帮助她应对生命中因失去爱情而带来的无法承受之痛。虽然不愿意承认，但她了解，拉里为何离她而去，而这仍无法减轻她对他的迷恋。她在 1960 年 6 月 20 日给他的一封信中写道：

“亲爱的，无论发生过什么，我都希望我们仍然是好朋友。康纳奇（她在伦敦的精神病专家）为我做了一件非常了不起的事情，让这种痛苦的感觉已经很多年都没出现过了。也许，所有这些临时发生的错误让我们两人的生活都发生了翻天覆地的变化，我不是很清楚……我深深地爱上了杰克·梅里维尔，我很感激他，但这并不能改变我会以一种温柔和尊重的态度永远地爱你这一事实。我很清楚我的病很难治疗，也许完全没有可能治愈，而当初我们却要一起面对。不过现在，一切都已经结束了，我希望，对于大多数人而言，我的人生是美好而值得借鉴的。”

尽管奥利弗的生活已继续向前，在 1961 年与琼·普莱怀特完婚，组建了一个新家庭，但他与费雯还藕断丝连。或许，这也正是为什么费雯从未“真的相信他不会回到她身边”。费雯和奥利弗仍拥有许多共同的朋友和同事。随后，万事通彼得·希利曾担任两个家庭的外交官，经常会看到他们在同一天出现。他曾向费雯的传记作者特里·科尔曼说：“在伊顿广场，费雯会问‘今天早上你有他的消息吗？’‘他还好吗？’‘他昨晚睡得好么？’然后，我会前往拉里处，他会问我，‘费雯还好吗？’‘她早饭吃得好吗？’”在金钱方面，他们仍有瓜葛。根据离婚协议，费雯每年会从奥利弗的保险金里获得3350英镑（税后）。有了这笔钱，费雯可以在她位于伦敦贝尔格莱维亚时尚区伊顿广场54号的公寓里安享晚年。他们继续通电话、互送生日祝福和通信。有时，奥利弗会在费雯特别困难时拜访她。在费雯从布莱顿开车到她的乡村住宅提克利治磨坊享用午餐这一特殊场合，海丝特·圣约翰·艾夫斯和她的女儿露易丝也会出现。“他给了她一切应该去那里的理由。”海丝特说。露易丝仍记得那顿午饭的一些情况，当时，费雯非常兴奋、非常紧张，总想确保诸事均完美无缺：

“一罐梨、烤牛肉、新鲜树莓等。我记得，她当时很紧张。奥利弗到达时，她甚至一度不能下楼用餐，但最后，她做到了。她下楼了，随后的一切都很好。我记得我和他们一起在花园散步。他们谈论了很多关于玫瑰花和花园的事情，因为费雯是一位非常热爱园艺的人……然后他们谈论过去，谈论共同的朋友，谈论诺特利庄园。我个人认为，这是一次很愉快的见面，也相信费雯不会将其看成是和解或类似的事情。对于她来说，最重要的是他来了。”

“我很确信，我再也不会结婚了。”费雯对戈弗雷·韦恩说，“我心里仍爱着拉里。但是，只要我的身体情况允许我继续工作，我就会没事。”而事实也证明，正是工作让她感到慰藉，找到一丝希望。1960年4月，在罗伯特·赫尔普曼的指导下，《天使决斗》登陆百老汇。约翰·奥斯本的妻子玛丽·尤儿扮演原来克莱尔·布鲁姆饰演的角色，阿曼德的扮演者是约翰·杰克·梅里维尔，他曾多次救

▲ 1960 年费雯・丽与劳伦斯・奥利弗离婚后不久在伦敦拍摄的照片。

费雯于水火之中。梅里维尔身高 6 英尺 5 英寸，瘦瘦高高，肤色浅黑，特征鲜明，曾在牛津上过大学，比费雯小 4 岁，来自戏剧世家。他的父母都是演员，继母格拉黛丝・库珀和父亲菲利普・梅里维尔也都是演员。“什么都不会做的人也能成为演员。”1960 年 5 月费雯在戴维・萨斯坎德的电视节目《开端》中曾说道。杰克・梅里维尔可以很自然地融入表演，但他从未有过这方面的抱负。表演是他的生活，但绝不是他为之而活的目标。19 世纪中期，一次偶然的机会，他开始进军电影圈，在罗伊・沃德・贝克执导的《冰海沉船》中担任配角，并与格利高里・派克和索菲娅・罗兰一起出演《谍海密码战》。

1937 年时，梅里维尔对费雯一直不甚了解。当时，他是正在老维克剧院上演的《仲夏夜之梦》的一名替补演员。1940 年，他在命运多舛的《罗密欧与朱丽叶》中扮演巴尔塔萨一角，曾有幸与费雯和奥利弗在纽约思尼登斯兰丁共度周末。在那里，他见识了费雯雄辩机智的一面，当时，她突然指责他在一场中国跳棋比赛中作弊，说他试图插入她和奥利弗之间，费雯大声说道：“我们已经在一起 4 年了，没人能插足。”因为这句话，梅里维尔深信他们之间的关系会牢不可破。这也就是为什么他对 1960 年费雯离婚的传闻并未在意。而早在排练《天使决斗》时，费雯就曾明确表示对他很感兴趣。然而，他对他们之间超出友情范围之外的任何关系都感到局促不安：“这种感觉一直持续到这次演出结束，在费雯接受过康纳奇的治疗后，我更加深信不疑。”梅里维尔告诉安妮・爱德华兹，“在此之前，我一直心存疑问。当然，我的疑虑确实存在。但除此之外，她还是一位已婚妇女。”

在费雯与奥利弗离婚时，梅里维尔一直陪伴左右，帮助她达成协议。1960 年 5 月 21 日，费雯公开宣布奥利弗为了“与琼・普莱

▲ 照片是 1946 年在达勒姆小屋与他们的暹罗猫“新男孩”一起拍摄的。

怀特结婚而要求跟我离婚”，这无疑给奥利弗献上一颗“重磅炸弹”。她会“自然地做出任何她想做的事情”。第二天早上，也就是奥利弗53岁生日当天，他在报上读到这一则新闻，“感觉这像是专门送给他的邪恶的生日礼物”。有人担心，奥利弗和普莱怀特的关系会被法律视为合谋，从而阻止他与费雯离婚。奥利弗写信给费雯，收到的却是一封来自梅里维尔的道歉信。费雯已进入躁狂状态，在曾和她共同做过几次公开发言的记者大卫·勒文的逼迫下才做出了这样的公开声明。梅里维尔曾试图阻止勒文和费雯单独待在一起，因为他并不认为这是面向公众的最佳时刻。费雯完全忽视他的存在，当她再次康复后，费雯让梅里维尔写信给奥利弗解释情况：“她深陷怀疑的痛苦之中，她不知道曾经这样做过，也不知道这是怎么发生的。”梅里维尔希望奥利弗知道真相，不想他“认为费雯这样做的目的是为了报复他，或是算计他”。然后，他告诉奥利弗，他不再怀疑对费雯的感情，他坚信，他们可以很好地生活在一起。

就性格而言，梅里维尔与她的前夫大相径庭。他善良、绅士且被动。“直到生命结束时，费雯一直深爱着奥利弗，因此，和他在一起时，费雯过得很艰难。”约翰·吉尔古德回忆说。梅里维尔对费雯情深义重，但并未因自己只是奥利弗的替代品而心生妒意。他知道，除了自己以外，没人能与费雯保持这样的亲密关系。他们曾有过很多争论，但梅里维尔从未让她担忧。在费雯最艰难的时刻，他来到她的身边，毫无畏惧。当她不想看医生时，他要求她去看医生，有时会违背她的意愿强迫她去做电休克治疗；当她面临危险等不利情况时，他会让她远离舞台，比如1963年排练音乐剧《同志》的时候。梅里维尔立场坚定，总是在费雯最需要他的时候出现，并安抚她的情绪，而费雯也让梅里维尔收获了他人生中最珍贵的记忆。

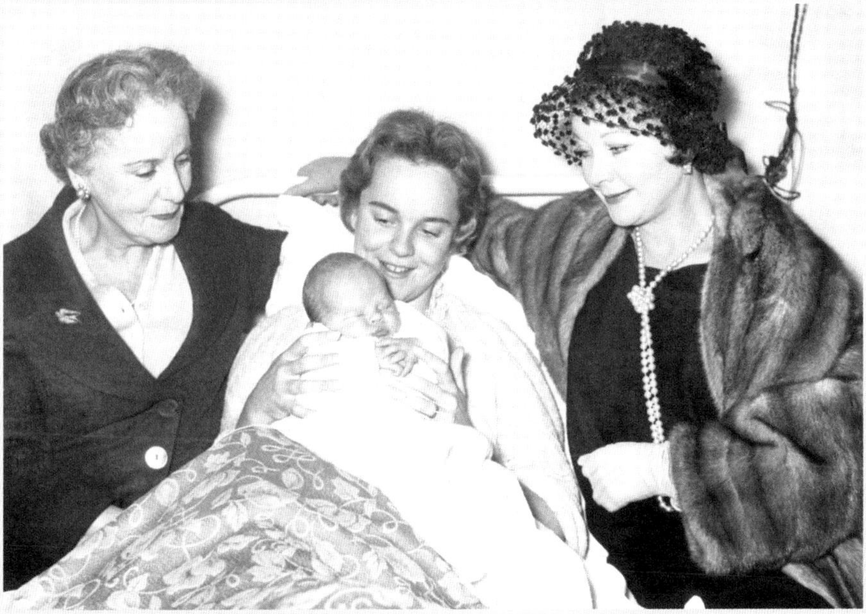

▲ 上图左：在人生的最后几年，费雯·丽从演员杰克·梅里维尔那里找到了心灵的慰藉和陪伴。照片拍摄于 1960 年《天使决斗》演出结束后。

▲ 上图右：照片拍摄于 1960 年洛杉矶，费雯·丽在更衣室为《天使决斗》演出补妆时。梳妆台上还可以看到劳伦斯·奥利弗的照片。

▲ 下图：费雯·丽在 1958 年 12 月晋升为祖母。照片上是费雯·丽、费雯·丽的妈妈葛储·哈特利（左）、费雯·丽的女儿苏珊娜·法灵顿以及苏珊娜的孩子内维尔。

“没人知道，我们鲜有的独处时光是多么快乐。”他说。在梅里维尔的悉心照顾下，费雯慢慢地重拾生活的信心，并继续向前迈进。离开奥利弗后，费雯重新认识了自己，在远离他带来的巨大伤痛后，她再次充满活力。

不难看出，费雯本人和1960年出现在银幕上的角色之间的确存有相似之处，对此，观众也是在观看后才首次承认这一点。1961年上映的电影《斯通夫人的罗马春天》改编自田纳西·威廉斯的同名小说，故事讲述的是女主角对衰老和孤独的恐惧。编剧加文·兰伯特记得当时他、威廉斯和第一次做导演的何塞·昆特罗在一众女演员候选名单上筛选主角卡伦·斯通时，都觉得没有一个合适的。“然后，突然有一天，田纳西说‘这个角色必须由费雯来演’。我们立刻意识到，她就是最佳人选。”第一次与费雯沟通时，她拒绝了这个角色。她对这本书太熟悉了，她觉得让一位年过半百的女演员遭受意大利男妓的利用，这太“残忍”，太“荒唐”。兰伯特说：“但当她看过剧本后，她改变了主意。”

这部剧的主角卡伦·斯通，是一位年近五旬的女演员，曾是全城的话题人物。有一天，她突然发现自己的年龄太大了，不能再扮演那些让她一度成名的少女角色了。丈夫死后，她远离公众，定居在罗马。在那里，卡伦重拾生活，并最终爱上了年轻帅气的保罗·迪·莱奥（沃伦·比蒂饰）。他是一个专门朝年老的美国有钱女人下手的男妓。未来的孤寡生活以及中年的“漂泊”让卡伦心生惧意，以至于她宁愿忍受保罗的刻薄讥讽和对她的敲诈勒索，也不愿意离开他。为了维持保罗对她的注意力，她努力尝试抓住青春的尾巴，甚至不惜在这个过程中卑躬屈膝。

与卡伦·斯通不同的是，费雯会勇敢地在银幕上展现自己的年龄，

▲《斯通夫人的罗马春天》中由沃伦·比蒂饰演的男妓保罗·迪·莱奥向卡伦·斯通求爱。

▲ 1961 年，费雯·丽前往亚特兰大参加内战百年纪念仪式和《乱世佳人》重映式。22 年过去了，主要演员中只有费雯·丽和奥莉薇·黛·哈佛兰健在。这是一次感人的经历。

这点很值得赞赏。《时代》杂志表示，她“赋予了角色优雅和尊严，却同时贴合了原著所刻画的那位令人沮丧的贪恋情欲的中年妇女”。曾对费雯的职业生涯和近期离婚事件一直予以关注的评论家指出，她用自己的人生经历刻画出角色真实的脆弱。“除了费雯之外，没有人能坐在那里，心知肚明地看着自己脾气暴躁的情人在豪华餐厅的宴会上抛开自己去找另一个女人。”鲍世利·克罗余如是写道，“她热情激增，既真实又恰当；她悲痛萌生，心碎不已。”《好莱坞公民新闻》希望这能成为“费雯·丽在美国银幕上的事业新起点”。

尽管大家仍然认为费雯是当时演艺圈最伟大、最漂亮的演员之一，但她确实也遗留了一些卡伦·斯通的恐惧——害怕自己不再受观众喜欢。她总是期望通过她的才能获得大家的认可，但她比任何人都清楚她的美貌在成功中所扮演的重要角色。据沃伦·比蒂的传记作者苏珊娜·芬斯塔德的回忆，当时所有人都深信，费雯被与她合作的年轻男明星所吸引。这位明星刚刚在《天涯何处觅知音》中与娜塔莉·伍德一起完成他的银幕首秀。费雯嫉妒当时在电影中扮演保罗女朋友的琼·柯林斯。她在芭芭拉·宾汉的扮演者吉尔·圣·约翰的身边感到极度不安。正是因为这位轻浮的年轻女明星的存在，保罗才离开卡伦。“我是一个很棒的影迷，”圣·约翰向费雯说，“我的意思是，谁没有看过《乱世佳人》，是不是？她真的非常漂亮……整场电影，她几乎一言不发，只是点点头。接下来的很多周，一直就是这种状态。但我还是看到了一位伟大的女演员。”

1961 年 3 月，何塞·昆特罗批准费雯停止电影拍摄，前往亚特兰大参加内战百年纪念仪式和《乱世佳人》的重映式。此时距该片首次上映已过去 22 年，曾参加了 1939 年电影首映的许多人当天都带着他们的子孙去看斯嘉丽·奥哈拉，而费雯本人当时也已晋升为

▲ 1961 年，费雯·丽被邀请参加与澳大利亚几位名人的聚会。拍摄照片时，她正从弗里曼特尔海岸的罗特内斯特岛离开，此前，她曾和杰克·梅里维尔一起拜访了一位伯爵。

祖母。这次回归，可谓既心酸又甜蜜。关键人物中仅有费雯、奥莉薇·黛·哈佛兰和大卫·塞尔兹尼克还健在。据奥莉薇·黛·哈佛兰回忆，“人们不禁想到了莱斯利·霍华德，当时他在英格兰，没能与我们一同出席首映。1939年9月，二战在欧洲战场全面爆发。由于战争的缘故，他在1943年英勇而悲惨地结束了自己的生命。此外，我还情不自禁地想起克拉克·盖博，他也在战后很快就去世了。再之后，玛格丽特·米切尔也于1949年逝世，结局悲惨。”

当费雯从伦敦抵达亚特兰大时，来自路透社的一名名叫乔·格林奇的记者（他承认从未看过《乱世佳人》）问她在电影中扮演的角色是什么，费雯相当震惊。“这部片子已经发行了22年，这本书出版的时间就更早了。如果你不知道我扮演的是谁，那么，这次采访就结束了。”她回答道。虽然结局很搞笑，但这个故事却成了头条。大家都认为，她为自己人生中第一部取得重大成功的重要电影而重回故地是非常勇敢的行为。现在，她已经48岁了，青春不再。“22年了！有些自称为演员的女孩儿那时还没出生呢。当时，费雯26岁，正处于演艺事业的春天。”《每日快报》报道。对此，费雯做出了优雅的回应：长寿的秘诀在于奉献和努力。“成为一位电影明星，就只是电影明星，过的是一种为虚伪的价值而活的虚伪的生活。”她说，“通常来说，电影明星的职业生涯比较短暂，而女演员的舞台生命可以很长，总会有很多了不起的角色可供出演。我永远不想退休，我想演到90岁。”

在接下来的3年时间里，费雯成了“世界公民”。1961年夏天，她与老维克剧院携手合作，在澳大利亚、新西兰，以及中美洲和南美洲的几个国家进行巡演。她的好朋友罗伯特·赫尔普曼被邀担任指导和公司领导，费雯则全权负责挑选演出作品。她选中的是近期

▲ 艺术家保罗·菲茨杰拉德笔下的费雯·丽。

最受她个人喜爱的两部作品：《第十二夜》和《天使决斗》。第三部作品是小仲马的《茶花女》，满足她长期以来想要扮演悲剧人物玛格丽特·戈蒂耶的愿望。

在此次巡演开始之前，公司安排在芬斯伯里公园进行了为期两个月的排练。其中很多都是年轻演员，他们在第一次见到费雯时，都感到很紧张。曾在《天使决斗》中扮演吉利一角，并曾是《第十二夜》薇奥拉替补演员的卡洛琳·帕特维则认为，费雯很独特，能让每个人都放松下来："我记得当时因为座位不够，大家都围坐在地上。我们正在谈论头发的问题，突然，她从头上取下假发，并说'我一直都带有假发。早上起来就很容易。我只需在起床时戴上它就可以了'。这简直难以置信，而且她看起来也很可爱，大家很快就轻松起来。"

曾在1948年报道过她与奥利弗一起巡演的记者现在对杰克·梅里维尔很不屑，但费雯与梅里维尔返回澳大利亚一事还是引起了巨大的轰动。"情况太糟了，真的。"帕特维回忆说，"他们会问，他是谁，他做过什么？对这些风言风语，梅里维尔泰然处之。费雯无疑就是巡演中最耀眼的明星，所有参与的演员和技术人员都知道她，都了解她，对她既爱又惧。她并非故意让人生畏。你只需给予她尊重。我们都不会叫她费雯，而改称为'丽小姐'。"

公司抵达墨尔本开始巡演时，没有安排休息日。在第二天早上10点开始的排练中，唯一出现的人就是费雯。其他人都因时差而睡过头了。费雯曾在奥利弗的指导下在剧院接受过专业的训练。"在关于何为演员、演员应如何生活等方面，奥利弗所教给我的远超过我能想到的任何人。"她在1960年说道。此次巡演的首席技术官是克斯·戈登，据他回忆："我们抵达每个剧院后，她都会让我将大

▲ 拍摄于 1963 年费城，导演德尔伯特・曼恩、费雯・丽和让 – 皮埃尔・奥蒙特一起研读音乐剧《同志》的剧本。

家召集起来，然后向大家介绍她。她还让我搜集与演员们相关的任何特殊事情，然后她会去了解整个经过。”此后，戈登继续担任老维克剧院的制片经理，他发现费雯一直在使用这种确认的方式。

费雯热情慷慨，讨人喜欢。除非公司全体演员和工作人员都能参加，否则她个人决不会只身参与任何大型聚会。她喜欢赠送个性化的礼物：为男士准备印有字母的领带，为女士准备巴黎世家围巾。她还“喜欢写信。因此，如果你收到礼物，请记得一定要写一份感谢信给她。她很期待”。卡洛琳·帕特维说：“我们被告知应该给她写感谢信，我们写了。然后，我们又收到费雯的回信，感谢我们给她写感谢信。”她的好心得到了回报，当时在悉尼，全公司所有人聚集在一起，仿照电视节目《这就是你的生活》为费雯举办了一场“四十八岁惊喜派对”。整个过程不仅配有服装、卡巴莱歌舞表演，还有一本纪念册。据演员大卫·多迪梅德回忆，当她意识到发生了什么时，她仿佛年轻了 40 岁。

总的来说，此次巡演广受好评。这是自 1948 年以来人们首次认为费雯在“自信、演技和角色多样性”方面都有显著提升。《茶花女》反响甚好。戏剧界希望费雯能在伦敦再次出演玛格丽特·戈蒂耶，并表示迎接她的一定是掌声，“有可能让大家回忆起 1935 年在大使剧院中值得纪念的历史性时刻——当时一夜之间，她从默默无闻一跃成为明星。”13 年前，她与奥利弗还在一起时，大家就期望费雯能够扮演大使一角，去参加一连串令人厌烦的官方活动。当公司在 1962 年初抵达墨西哥时，种种迹象表明她即将风靡全球。

演员马克·金斯敦和玛丽戈尔德·沙曼认为，费雯“可能只是单纯地很迷人，但后面因为愚蠢的行为给公司带去巨大的压力”。他们都记得多年前发生的一件特别的事情。当时在巡演最后一站里

▲ 拍摄于 1963 年百老汇剧场费雯・丽的更衣室里。

约热内卢，公司全体成员应邀去参加一位巴西富人举行的宴会。当时，客人们向富人的庄园走去，一路上小学生们列道向他们撒着花瓣。现场还有很多有名的巴西人，费雯觉得整件事都很无聊。玛丽戈尔德·沙曼正在享受派对，突然，杰克·梅里维尔抓住她的手臂说："玛丽戈尔德，你必须来一下，费雯正在作怪。"费雯自己躺在地板上，感觉像是昏厥，然后睁开一只眼说道："玛丽戈尔德，我必须出去！"费雯向心烦意乱的主人表示歉意，称自己整晚太激动导致身体承受不了了，所以不得不离开这里。当他们坐上汽车后，费雯让梅里维尔开去餐厅，这样就可以独自享用午餐。"宴会的主人可能知道发生了什么。"马克·金斯敦回忆说，"她会大声啼哭，这是她的本性。她太唐突了，并且变化无常……"梅里维尔说："我们从里约热内卢离开时简直九死一生。"

在奥克兰表演时，费雯很惊喜地接到一通来自美国制片人艾贝尔·法布曼的电话，邀请她去雅克·德瓦尔和罗伯特·E. 舍伍德的喜剧片《同志》音乐版中扮演塔蒂阿娜，这是一位流亡到巴黎做女仆工作的俄罗斯大公爵夫人。她曾看过 1937 年由克劳黛·考尔白和查尔斯·博耶联合出演的影片，很欣赏他们的表演，但对于是否要接受这一角色，她还是犹豫不决。她是一名演员，不是歌手。为什么法布曼会认为她可以拉开百老汇音乐剧序幕呢？"这是一个不会演唱的歌唱家的时代，"这位制片人说道，"我需要一位能够扮演让人信服的大公爵夫人的演员。不过可以肯定的是，她必须唱五到六首歌曲，但是，对于这个角色而言，表演第一，唱歌第二。请记住，这不是《阿伊达》。"法布曼是如此急切地想让费雯饰演这一角色，所以，他飞往新西兰亲自与她见面。费雯被法布曼带来的录制好的歌曲打动了，决定一试。她知道，这是一场豪赌，但是有挑战就会有收获。在惠灵顿，她在歌剧院进行了一场小型试演，与一名钢琴家合作完成了伊尔文·柏林的歌曲《永远》。在跟随费雯去到布宜诺斯艾利斯后，法布曼与费雯签订了合同，然后返回纽约。

“如果一年前有人告诉我，我会以音乐喜剧的方式回到百老汇舞台，我一定会说这个人信口开河。但事实是，他没说错，我现在就在这里！”《同志》的排练于 1962 年 12 月在费城开始。费雯已经接受了数周严格的培训。白天是歌唱课和舞蹈练习，并且她还要与男主角让 - 皮埃尔·奥蒙特一起进行剧本演练。据说，她曾说道：“能做一些全新的事情，让我感觉好极了。”但实际上，这种新形式的要求使她陷入了沮丧。“你不要以为我一直处于绝望之中。”费雯在 12 月 28 日写给梅里维尔的信中说道。当时，梅里维尔正忙于拍摄约翰·休斯顿的《假面凶手》，无法陪伴费雯前往美国。“这些彩排完全超出了大家的认知，很难形成一幅完整的图像。他们一直在说，费城和波士顿并不重要，但对我而言，它们都很有意义。”演出开始时，费雯感到非常不适，让彼得·格兰微尔代替德尔伯特·曼恩成为导演。她对这部剧的塑造完全没有信心，担心无法在去纽约之前做好准备。“不可否认，我们这一周确实很用心，观众也很喜欢这部剧。但是，任何行家都可能会说，这对百老汇不会起什么作用的，并且我一直都有这种感觉。”

在百老汇首演时，新增的场景并没有起到什么作用。费雯寝食难安、身心俱疲。“我一直沉浸在如果该剧失败后会发生些什么的恐惧旋涡之中无法自拔，”她在 2 月 6 日写道，“我真不应该踏入我不熟悉的领域。这完全是另一个世界。”康纳奇医生不得不通过给她寄送药物来进行干预。但当他们最终在 3 月抵达纽约时，费雯仍没有从心情沮丧的状态中恢复过来。音乐喜剧在费城和波士顿都很成功，没有引起批评家们的愤慨，百老汇剧院的预售票卖得也很不错。梅里维尔敦促她要像她的同事们那样对这部剧的成功充满信心。

“我必须向你承认，我从来没有感到如此绝望过，我对我将要出演的每个场景都感到怀疑……我觉得评论家会言辞犀利地评论我们，这种事情很可能会发生。”《同志》于 3 月 18 日如期在百老汇剧院开幕。音乐剧本身被贴上“循规蹈矩”的标签，未能还原德瓦尔和舍伍德电影版中人物的“机智和欢乐”。让－皮埃尔·奥蒙特——这位费雯已熟知多年但难以合作的演员被评论为：“不是一个歌手，他整个晚上都悄无声息。”

尽管费雯对该剧和自己的表演没有信心，但她却让评论家们着迷。“丽小姐赋予了《同志》尊严和轻松的氛围，这是多么幸运的一件事啊！”《纽约时报》霍华德·陶布曼评论说，他认为费雯以一种“极度轻松”的方式将电影过渡到音乐喜剧。《伦敦时报》驻纽约记者认为，费雯具有“表现各种人物”的天性：“能够在这种表现中找到一种产生爆发的新形式……当丽小姐用她高度个性化的魅力以一种非人性化的过剩生产方式点燃导火索时，这种爆发就更加巨大了。”由于费雯在该剧中的出色表演，她被授予百老汇最高荣誉奖——托尼奖[①]最佳音乐剧女主角。之后，她继续进行着《同志》的演出。直至 1963 年 10 月，费雯躁狂症复发，不得已退出该剧，然后返回伦敦接受治疗。

费雯在圣约翰伍德的疗养院和伊顿广场的公寓里经过一段时间的恢复后，就回到了提克利治磨坊。这是 3 年前费雯在演员德克·博

---

① 托尼奖，由美国戏剧协会在 1947 年为纪念安东尼特·佩瑞女士而设立的，被视为美国话剧和音乐剧的最高奖。

加德的建议下购买的一栋具有安妮女王风格[①]的房子，四周风景如画。这也是费雯在与奥利弗离异后寻求慰藉和安宁的地方。房屋后面是一个储水池，可满足基本的供水需求，花园里满是她最钟爱的白色花朵。费雯的园艺能力之佳到今天也是显而易见的，提克利治磨坊当前的拥有人将其命名为“费雯的白色花园”。

费雯在提克利治磨坊的居住也令这一地区的人们感到激动不已。在她搬进来后不久的一天，当她打开门时，发现门口站着两个害羞的邻居家的孩子。他们手上拿着签名书和布朗宁相机，安静地等在外面。一个是10岁的罗德·哈尔，他长大想成为一位知名的文学经纪人，另一个是他的妹妹安。他们的年龄都很小，所以没有看过费雯任何一部电影。但是，她还是为他们签了名，并邀请他们明天来她的花园拍照。罗德·哈尔随后写道：“这位美丽的成年女士给了像我这样一个乡村小孩子一个正式的邀约，就好像我是一个重要的成年人，这让我感到兴奋和受宠若惊。她重要、独特、有趣，这就是费雯一直以来给我的感觉。”

从那以后，费雯就经常将罗德和安置于自己的保护之下。每当需要到阿克菲尔德火车站去接一位知名的客人时，她都会邀请他们一起坐上她的劳斯莱斯一同前往。她常常自娱自乐，她的孙辈们偶尔会去看望她。她会特别照顾罗德，让他占据最好的钓鱼点，并在池塘里养上鳟鱼。安也可以使用她的化妆品和香水。她向他们展示了一直放在浴室的《乱世佳人》的奥斯卡奖奖杯。“这仅是我赢得的奖杯之一。”她很淡定地说道。费雯对他们是如此的和善而友好，这常常会让他们忘记她是如此出名，而只是把她当作邻居。

---

① 安妮女王风格建筑，19世纪中叶维多利亚女王晚期的一种建筑风格。建筑外观高贵华丽，装饰精致。

▲ 拍摄于 1961 年澳大利亚，当时她饰演的是小仲马的作品《茶花女》中的玛格丽特·戈蒂耶。

在1964年的夏天，在费雯的银幕首秀30年后，她返回好莱坞，制作她人生的最后一部电影。制片人兼导演斯坦利·克雷默对费雯记忆犹新，当时他正在把凯瑟琳·安妮·波特的小说《愚人船》搬上银幕。费雯具有持续的明星效应，这点毋庸置疑。当时，她在包括两位时代大腕李·马文和西蒙·西涅莱在内的全明星阵容中脱颖而出，摘得桂冠。费雯很崇拜克雷默的工作，他本人也是她接受这项工作的唯一理由。在费雯的认知中，她难以读懂波特根据“1933年一大群各种肤色的乘客从墨西哥前往德国旅行”这一事件所撰写的这部杰作。

“随着年龄的增长，女演员能够接演的角色就会越来越少，戏路也越来越窄，这就是事实。”费雯曾这样说过，“过去，尤其在伦敦，制片人、剧作家和导演绝不会让一个四五十岁的女人来饰演一名二十多岁的女主角。在这个年代，年龄确实是一个问题……我猜想，时代可能已经发生改变了。”尽管费雯的观察确实很准确，但克雷默仍坚信，她此时无法找到好角色更多的是与她的不可靠性有关，而不是年龄问题。她带来了太多的财务风险，甚至连制片人都不知道她能否完整地完成演出。但是，克雷默从未后悔邀请她来出演电影。他欣赏她的坚韧。他后来说：“费雯有健康问题，正在接受休克治疗。她的精神高度紧张。尽管她患有疾病，但她从未受到它的威胁。有时，她会颤抖着走到别处去设法控制好自己的情绪，然后再回到现场，继续拍戏，但之后她又会出现心悸。这一切都难以形容。”

拍摄时，费雯和梅里维尔一起租住在洛杉矶高处好莱坞山的一栋房子里。约翰·吉尔古德是这栋房子的第三名租客，他当时正在参演《夺命之爱》，并密切地观察着费雯的情绪。他认为，第一次饰演配角让费雯感到过气和变老，因此她情绪暴躁。吉尔古德甚至告诉了奥利弗他和费雯待在一起时的感受。凯瑟琳·赫本、乔治·库克和西蒙·西涅莱经常前来拜访，似乎是为了更好地照顾她。他说，他认为奥利弗知道梅里维尔要跟上费雯狂热的节奏是多么费劲的事。西蒙·西涅莱记得费雯是一个怀旧的人："她不再是劳伦斯·奥利弗的妻子，但仍想保留奥利弗夫人的头衔。她让我们打扮起来，我的小流浪狗在她的房子里四处奔跑。晚餐时，烛光四溢……夜晚将近，留声机里传来了《乱世佳人》的主题曲。这让她很难过，但她依然故意为之……"

1981 年，电影历史学家约翰·科巴尔在撰写好莱坞黄金时代最耀眼的演员时，将费雯描述为"理智而超然的巨星，既不索取也不给予，也不期望自己或自己的角色得到任何同情"。这一点真实地体现在《愚人船》中——玛丽·特雷德韦尔是一名来自弗吉尼亚州的 46 岁的离婚妇女。自从丈夫离开后，她孤独无依，为了重拾她的青春，满足她的渴望，她在整个绝望的航程中一直喝酒，一直调情。斯坦利·克雷默确信，费雯"能够意识到影片中主人公的经历多么像她自己的人生，但她从未在语言或肢体上展现出来"。与摄像机为伴，费雯向全世界展示了自己的脆弱。

在电影最重要的场景中，玛丽·特雷德韦尔坐在客舱化妆镜前，"特雷德韦尔太太，你已不再年轻。"她边嘟哝着，边涂上一层厚厚的口红，"多年来，你一直都不再年轻。你只是不想长大。这双衰老的眼睛背后，隐藏的是一颗十六岁的心。可怜的小傻瓜。"突然，摄像机出现在镜子的位置，揭示出玛丽的真实年龄。化妆帮助费雯塑造出这个角色：假睫毛、铅笔涂抹的眉毛长短不一、口红超出范围等。这个场景的费雯让人想起斯嘉丽·奥哈拉、布兰奇·杜波依斯、卡伦·斯通，以及她自己。当玛丽看着镜子里那个浓妆艳抹的自己时，她有一种顿悟。她回忆起早些时候在整个航程中与船上年轻船员的交流，玛丽意识到，如果她不“长大”，接受自己的年龄并停止活在过去，她的人生将定格在“与一名付费的陪护人员一直在咖啡馆静坐下去”。

如果不是丹尼（李·马文饰）以喝醉酒的方式突然闯入玛丽的房间，并试图以他的方式羞辱玛丽，这部剧很可能就会成为一部悲剧，而不会变成一种精神宣泄。与布兰奇·杜波依斯或卡伦·斯通的命运不同，玛丽并未屈服于丹尼冷酷无情的残忍。当她知道丹尼进入她的客舱是因为一个残酷的玩笑时，她立马把他赶到轮船的过道上，用她细高跟鞋的后跟疯狂敲打他的面部。影片结尾时，玛丽和丹尼分别从船上走下来，他的脸贴满了创可贴，她高昂着头，冷酷地走下舷梯。为此，走下船的玛丽以及随后退出电影业的费雯均呈现了一个华丽的转身，留下了不可磨灭的印记。

后记

“给予我们勇气、快乐和平静的心灵……我们将有勇气面对即将到来的一切。我们会勇敢地面对危险，在苦难中保持不变，在愤怒中保持节制，在财富的变迁中，在死亡的大门前，彼此忠诚而友爱。”

——费雯最喜欢的格言之一

节选自罗伯特·路易斯·史蒂文森的《我们感谢您》

“我现在很高兴，”费雯在1965年告诉记者罗伯特·奥特维，“我不认为我们可以从抑郁和兴奋的角度来思考生活。我只是不明白那些说自己会做职业规划的人……规划意味着无法抓住从天而降的机遇，也不会面临意想不到的挑战，而这一切却都会令生活充满激情。”

1964年11月，费雯与出版商哈米什·汉密尔顿和他的妻子伊冯一起去了法兰克福、维也纳、伊斯坦布尔和加德满都等地旅行。之后，她自6岁以来首次返回印度。虽然孟买是唯一一个与她的童年相关的地方，但是这个国家，它的前景，它的人民都令她着迷。杰克·梅里维尔收到的信件里详细描述了喜马拉雅山脉的难忘之美、恒河上举行的葬礼、鲜艳的檐壁画作、骑乘大象、参观佛教仪式以及乘坐拉杰的飞机近观珠峰的体验。回国后，费雯表达了她想在印度拍电影的愿望——“拍一部印度电影”。这是一个难以置信的想法，但也许并不完全如此，因为她是印度电影制作人萨提亚吉特·雷最喜欢的女演员之一。

生活并不是一帆风顺的，迎接挑战有时会带来挫败。1965年4月，费雯在保罗·奥斯本的《伯爵夫人》中扮演一位77岁的女性角色，这部戏剧改编自莫里斯·德吕翁的小说《记忆的电影》。她戴着一顶鲜艳的橙色假发，眼睛下面戴着怀旧的意大利伯爵夫人式的黑色面纱。阿兰·登特称“她的装扮令人心碎”。这是费雯唯一一部在伦敦制作却没有被搬上伦敦舞台的戏剧。

《愚人船》于7月在好莱坞首映，并在次年获得了8项奥斯卡提名。费雯对于自己未被提名的事并不在意，她说：“哦，这些我都有了。”（她指的是自己曾凭借《乱世佳人》和《欲望号街车》两次斩获奥斯卡最佳女主角奖。）虽然无缘奥斯卡，她却得到了欧洲电影界的一致认可。她去了巴黎，在那里凭借在《愚人船》中所扮演的玛丽·特雷德韦尔与著名影星阿努克·艾梅、碧姬·芭铎、米洛斯·福尔曼和阿仑·雷乃共同获得了水晶星奖。

1966年初，费雯前往纽约，实现了一个长久以来的梦想——出演契诃夫的戏剧《伊万诺夫》。该剧由约翰·吉尔古德执导并与费雯共同担任主演。尽管费雯的角色在第三幕结束时染上了肺结核，但吉尔古德知道观众和评论家们是来看费雯而不是自己的。具有讽刺意味的是，安娜·彼得罗夫娜竟是费雯出演的最后一个角色。1967年5月，她以为自己患上了流感，结果却发现她的老毛病又犯了——她的肺上有一块儿拳头大的阴影。尽管费雯感觉到自己可能时日不多了，但她并没表现出来。1967年7月7日晚，她的离去令世界震惊。

▲ 费雯・丽在研读保罗・奥斯本创作的剧本《伯爵夫人》。摄于 1965 年 3 月。

她生命的最后两个月是在卧床中度过的。当她的亲友拥进伊顿广场 54 号（她的住所）时，发现她的卧室就像切尔西花卉展一样——她躺在那里，玫瑰簇拥，宛若女王。多年来，她数次与慢性肺结核抗争，并总能凭借自己特有的乐观精神恢复过来。她拒绝到医院接受治疗，那年她只有 53 岁，所以没有人觉得她这次不会康复。

在她的床头柜上放着一幅装裱精美的奥利弗的照片，以及爱德华·阿尔比[①]创作的《微妙的平衡》的剧本。她会通过饰演安吉斯与老朋友迈克尔·雷德格雷夫重逢，剧中的安吉斯是一位感觉自己处于疯狂边缘的中年社会名流。如果费雯能够出演这部戏，她的好朋友们可能会再次发现费雯和这个角色有着相似之处。而费雯也承认这一点，但她依然勇敢地选择出演这部戏。她在 1960 年说道："毕竟人生的经历是一个演员所能拥有的最好的道具。"

媒体悲叹道"一代佳人，就此陨落"。与她共事过的演艺界人士悼念她的离世，并称非常钦佩她的勇敢和坚毅；世界各地的影迷都在哀悼这位耀眼明星的逝世，她是永恒的斯嘉丽。尽管命运的阴影一度笼罩着费雯，但她的出现丰富了一些认识她或不认识她的人的生命——惊鸿一瞥，浮生若梦。

在她去世后，过去的分歧仿佛已被忘记，取而代之的是对一位体贴、慷慨并且拒绝被苦难击败的朋友温柔的回忆。凯瑟琳·赫本在回忆录中称费雯是一位"优雅的女演员，她体贴、无畏、亲切，而且非常善良……"她像一朵玫瑰色的可爱的云一样，在夕阳的映照下，飘过她所有朋友的生活，想着除了她自己以外的每个人。诺埃尔·科沃德在给奥利弗的信中颇富诗意地写道："她总是让我想

① 爱德华·阿尔比（1928—2016），美国著名剧作家，代表作《微妙的平衡》《海景》《三个高个子女人》，曾三次获得普利策戏剧奖。

起天堂中的小鸟儿，现在她也许已经找到它了。”

费雯一直想着奥利弗。尽管屡屡尝试，但她从未有机会见到他的孩子们，也没能和他的新家庭和平相处。费雯写了几次信给琼·普莱怀特，邀请她和奥利弗在1965年2月光临提克利治。然而，费雯的医生却不鼓励她参加这样的聚会。在正常情况下，这种聚会是没什么不妥的，但她反复的病情使情况变得非常不同。1966年12月，奥利弗收到了精神病学家S.M.怀特瑞吉的一封信，敦促他“要回避和费雯的任何接触”，因为这将是对费雯最仁慈的做法，也是从医学角度来说对她最有益的做法。在1967年的春天，奥利弗被诊断出患有前列腺癌。费雯非常感激琼·普莱怀特，因为她请求宾基·博蒙特轻轻地把这个消息告诉了费雯，这样她就不至于看到报纸才知道了。在那之后，她更担心奥利弗的恢复状况，而不是她自己的病情。7月8日早晨，奥利弗得知她的死讯后，从圣托马斯医院赶往了她的公寓。杰克·梅里维尔离开了卧室，让奥利弗能和费雯独处一会儿。奥利弗后来透露，他站在那里，为他们之间的纠葛祈求宽恕。

根据遗愿，费雯被火化了，她的骨灰撒在了提克利治别墅的池塘里。她的母亲葛储在伊顿广场的花园里为费雯建了一座墓碑。墓志铭借用了莎士比亚的《安东尼和克莉奥佩特拉》中的句子：“死神，你可以夸耀了，一位绝色佳人已为你所有。”

1967年8月15日，英国舞台剧和电影界的名流们聚集在特拉法加广场的圣马丁田园教堂里，与费雯的家人一起对费雯进行了追悼。杰克·梅里维尔收到了来自文艺界各个领域的同仁所写的慰问信，其中包括演员范·约翰逊、瑞秋·坎普森、林恩·方坦、约翰·米尔斯、大卫·尼文、厄休拉·琼斯、罗伯特·施恩·曼、西莉亚·约翰逊、丽莉·帕尔默、乔伊斯·凯里和劳伦·白考尔；服装设计师露辛达·巴

▲ 费雯·丽在其去世前不久于提克利治磨坊拍摄的一张照片。她的骨灰后来被撒在了这里的池塘中。

拉德·迪茨和维克多·斯蒂贝尔；还有假发制造商斯坦利·霍尔。

悼念活动层出不穷。7月8日晚上10点，西区的剧院经理们让所有户外剧院熄灯一小时以示对费雯的怀念与尊重。杂志编辑福勒·考尔斯、依灵工作室的制作人迈克尔·鲍肯以及英国电影协会共同设立了以“费雯·丽”命名的学者基金。青年电影制作人费雯·丽奖（后来更名为费雯·丽纪念基金）曾为1975年由安德鲁·莫罗和无声电影史学家、奥斯卡终身成就奖得主凯文·布朗洛共同执导的独立题材电影《温斯坦利》提供资金帮助。1968年，好莱坞电影界的明星们在南加州大学齐聚一堂，以纪念费雯“对演艺的热情投入，对完美的执着追求，对角色的广泛涉猎，她所取得的卓越成就和其不断超越自我的无价品质”。乔治·库克30年来首次在大银幕上播放了费雯试镜《乱世佳人》时的片段，这令在座的嘉宾们都感到意外和惊喜。“试镜结束之后，我自己都没有看过。”他对葛储·哈特利说，“观众们异常激动。显然，这位才华横溢、美貌绝伦的女演员试镜成功了，毫无悬念地成功了。”

“费雯在舞台和银幕上大放异彩，”亚历克·吉尼斯在1991年说道，“如果你注意到摆放着她所有倾情演绎的作品的小架子，你会觉得很震惊——惊异于她竟然在如此短暂的演艺生涯和生命历程中取得了如此之成就。”时至今日，费雯在电影界的成就仍是她的遗产。正如约翰·科巴尔所言：“摄像机拍出了这个女人的内心，它的转动使她原本就可爱而孤独的灵魂变得更有吸引力，除了演戏，她别无所求。”美国电影协会将费雯评为银幕上最伟大的25位女演员之一。与榜单上的其他女演员凯瑟琳·赫本、贝蒂·戴维斯、琼·克劳馥、芭芭拉·史坦威克、伊丽莎白·泰勒等人相比，费雯的作品数量相当有限。然而，她对电影文化的贡献却巨大深远。

费雯认为，真实是所有表演和演员的宗旨。她的斯嘉丽和布兰奇——如果我们认真观察，还有她饰演的其他角色，即使在今天看来，仍是如此令人震撼，因为她在每一个角色中都展露了自我，并且通过这种做法让观众们一窥人类的真实状况。当在银幕上看到费雯时，我们总能看到自己的影子，她不是我们希望成为的电影中的幻象，而是我们真实的一面：有着人性弱点却又独一无二的人类。还有什么能比这更好地证明生命的意义呢？

▲ 费雯·丽的电影仍然是她的遗产。她所饰演的斯嘉丽作为最著名的好莱坞人物之一始终闪耀在历史的舞台上。费雯·丽充分展现了她那个时代的魅力，并且作为一个完美的明星将永远被人们铭记。

电影年表

1935年

《欣欣向荣》

角色：无名女学生

导演：阿尔伯特·德·考维尔

编剧：阿尔伯特·德·考维尔，斯坦福德·狄更斯

其他参演人员：西塞莉·卡特奈姬，马克斯·米勒，威廉·加根，玛丽·劳森，马克·莱斯特

制片人：迈克尔·鲍肯，高蒙英国影片公司的亚历山大·柯达

《乡村绅士》

角色：罗斯·维纳布斯

导演：雷金纳德·德纳姆

编剧：谢拉德·鲍威尔，根据亚瑟·贾维斯·布莱克的剧本改编

其他参演人员：大卫·霍恩，莱斯利·佩林斯，莫伊拉·林德，玛格丽特·沃森，艾弗·巴纳德

制片人：英国 & 多米尼克电影公司的安东尼·哈夫洛克·艾伦

《君子协定》

角色：菲尔·斯坦利

导演：乔治·皮尔森

编剧：巴兹尔·梅森，根据詹尼弗·霍华德的小说改编

其他参演人员：弗雷德里克·佩斯利，安东尼·霍利，大卫·霍恩，维拉·博杰蒂

制片人：英国 & 多米尼克电影公司的安东尼·哈夫洛克·艾伦

《仰面大笑》

角色：马乔里·贝尔弗

导演：巴兹尔·迪安

编剧：J.B. 普里斯特利，戈登·韦尔兹利

其他参演人员：格雷西·菲尔茨，阿尔弗雷德·德雷顿，道格拉斯·威克菲尔德，比利·尼尔逊，哈里·塔特，亨特利·赖特

制片人：联合有声电影制片公司的巴兹尔·迪安

1937 年

《英伦战火》

角色：辛西娅

导演：威廉·K. 霍华德

编剧：克莱曼斯·戴恩，根据 A.E.W. 梅森的小说改编

其他参演人员：弗劳拉·罗博森，劳伦斯·奥利弗，莱斯利·班克斯，雷蒙德·梅西，塔玛拉·戴斯尼

制片人：伦敦电影公司的亚历山大·柯达

《黑暗旅程》

角色：玛德莱娜·戈达德

导演：维克多·萨维勒

编剧：拉约什·比罗，亚瑟·维姆佩瑞斯

其他参演人员：康拉德·韦特，琼·加德纳，安东尼·布谢尔，厄休拉·琼斯

制片人：伦敦电影公司的亚历山大·柯达

《茶杯风波》

角色：维多利亚·高

导演：维克多·萨维勒

编剧：伊恩·达林坡，唐纳德·布尔

其他参演人员：雷克斯·哈里森，塞西尔·帕克，萨拉·奥尔古德，厄休拉·琼斯

制片人：伦敦电影公司的亚历山大·柯达

1938年

《牛津风云》

角色：埃尔莎·克拉多克

导演：杰克·康韦

编剧：约翰·蒙克·桑德斯，利昂·戈登

其他参演人员：罗伯特·泰勒，莱昂内尔·巴里摩尔，莫琳·奥沙利文，埃德蒙·格温，格里菲斯·琼斯

制片人：米高梅电影制片公司的迈克尔·鲍肯

《伦敦的人行道》（又名：圣马丁斯巷）

角色：利伯蒂（莉比）

导演：蒂姆·威伦

编剧：巴特利特·科马克，克莱曼斯·戴恩，查尔斯·劳顿，艾里奇·鲍默，蒂姆·威伦

其他参演人员：查尔斯·劳顿，雷克斯·哈里森，拉里·阿德勒，蒂龙·格思里

制片人：五月花制片公司的艾里奇·鲍默和查尔斯·劳顿

1939 年

《乱世佳人》

角色：斯嘉丽·奥哈拉

导演：维克多·弗莱明

编剧：西德尼·霍华德，根据玛格丽特·米切尔的小说改编

其他参演人员：克拉克·盖博，莱斯利·霍华德，奥莉薇·黛·哈佛兰，海蒂·麦克丹尼尔斯，托马斯·米切尔

制片人：塞尔兹尼克国际影业公司的大卫·塞尔兹尼克

1940 年

《魂断蓝桥》

角色：玛拉·莱斯特

导演：茂文·勒鲁瓦

编剧：S.N. 贝尔曼，根据罗伯特·E. 舍伍德的剧本改编

其他参演人员：罗伯特·泰勒，弗吉尼亚·菲尔德，露塞尔·沃特森，玛丽亚·奥斯彭斯卡娅，C. 奥布里·史密斯

制片人：米高梅电影制片公司的西德尼·富兰克林

《二十一天》（又名：空前绝后）

角色：菀达

导演：巴兹尔·迪安

编剧：巴兹尔·迪安、格雷厄姆·格林，根据约翰·高尔斯华绥的小说改编

其他参演人员：劳伦斯·奥利弗，莱斯利·班克斯，弗朗西斯·L. 苏利文，大卫·霍恩，罗伯特·牛顿

制片人：伦敦电影公司的亚历山大·柯达

1941 年

《汉密尔顿夫人》

角色：艾玛·汉密尔顿

导演：亚历山大·柯达

编剧：沃尔特·瑞奇和 R.C. 谢里夫

其他参演人员：劳伦斯·奥利弗，萨拉·奥尔古德，亨利·威尔克斯昂，艾伦·莫布雷，格拉黛丝·库珀

制片人：伦敦电影公司的亚历山大·柯达

1945 年

《恺撒和克莉奥佩特拉》

角色：克莉奥佩特拉

导演：盖布里埃尔·帕斯卡

编剧：乔治·萧伯纳

其他参演人员：克劳德·雷恩斯，斯图尔特·格兰杰，弗劳拉·罗博森，巴兹尔·西德尼，塞西尔·帕克

制片人：兰克公司的 J. 亚瑟·兰克

1948 年

《安娜·卡列尼娜》

角色：安娜·卡列尼娜

导演：朱利恩·杜维威尔

编剧：朱利恩·杜维威尔，让·阿努伊，盖伊·摩根

其他参演人员：拉尔夫·理查德森，基隆·摩尔，莎莉·安·豪斯，休·登普斯特，玛丽·凯里吉

制片人：伦敦电影公司的亚历山大·柯达

1951 年

《欲望号街车》

角色：布兰奇·杜波依斯

导演：伊利亚·卡赞

编剧：田纳西·威廉斯，奥斯卡·索尔

其他参演人员：马龙·白兰度，金·亨特，卡尔·莫尔登，鲁迪·邦德，尼克·丹尼斯

制片人：查尔斯·K.费尔德曼

1955 年

《蔚蓝深海》

角色：海丝特·科尔耶

导演：安纳托尔·李维克

编剧：泰伦斯·拉提根，根据自己的剧本改编

其他参演人员：肯尼斯·摩尔，莫伊拉·李斯特，埃里克·波特曼，埃姆林·威廉姆斯，亚瑟·希尔

制片人：伦敦电影公司的亚历山大·柯达

1961 年

《斯通夫人的罗马春天》

角色：卡伦·斯通

导演：何塞·昆特罗

编剧：加文·兰伯特，根据田纳西·威廉斯的小说改编

其他参演人员：沃伦·比蒂，罗蒂·兰雅，卡罗尔·布朗，吉尔·圣

约翰，杰里米·斯宾塞

制片人：联合制作制片公司的路易斯·德·罗歇蒙

1965年

《愚人船》

角色：玛丽·特雷德韦尔

导演：斯坦利·克雷默

编剧：艾比·曼，根据凯瑟琳·安妮·波特的小说改编

其他参演人员：李·马文，西蒙·西涅莱，奥斯卡·沃纳，伊丽莎白·阿什利，何塞·费勒，乔治·西格尔

制片人：斯坦利·克雷默制片公司的斯坦利·克雷默

戏剧年表

1935 年

《绿腰带》
编剧：德博奈尔·西尔维斯特，T.P. 伍德
伦敦 Q 剧院
角色：基斯达
导演：马修·福赛斯

《道德的假面》
编剧：卡尔·施特恩海姆，阿什莱·杜克斯改编
伦敦大使剧院
角色：汉丽艾德·杜克斯诺
导演：麦克斯韦·雷

1936 年

《理查德三世》
编剧：威廉·莎士比亚
牛津大学戏剧协会
角色：王后
导演：约翰·吉尔古德，格伦·比亚姆·肖

《快乐伪君子》
编剧：克莱曼斯·戴恩
伦敦陛下剧院
角色：詹妮·梅雷
导演：莫里斯·科尔本

《亨利八世》
编剧：威廉·莎士比亚
伦敦摄政公园露天剧院
角色：安妮·博林
导演：罗伯特·阿特金斯

1937 年

《势在必行》
编剧：尹格利特·吉法德
伦敦威恩汉姆剧院
角色：帕梅拉·戈尔丁
导演：诺曼·马歇尔

《钟楼里的蝙蝠》
编剧：戴安娜·摩根，罗伯特·麦克德莫特
伦敦大使剧院
角色：杰西卡·莫顿
导演：A.R. 沃特莫尔

《哈姆雷特》
编剧：威廉·莎士比亚
丹麦科伦贝格城堡

角色：奥菲莉娅
导演：蒂龙·格思里

《仲夏夜之梦》
编剧：威廉·莎士比亚
伦敦老维克剧院
角色：泰妲妮亚
导演：蒂龙·格思里

1938年

《赛琳娜·布兰迪斯》
编剧：S.N. 贝尔曼
伦敦大门剧院
角色：赛琳娜·布兰迪斯
导演：埃斯米·珀西

1940年

《罗密欧与朱丽叶》
编剧：威廉·莎士比亚
纽约51街剧院
角色：朱丽叶·凯普莱特
导演：劳伦斯·奥利弗

1942年

《医生的窘境》
编剧：乔治·萧伯纳

伦敦海马基特皇家剧院
角色：詹妮弗·杜比达特
导演：艾琳·亨切尔

1945年

《九死一生》
编剧：桑顿·怀尔德
伦敦凤凰剧院
角色：莉莉·莎宾娜
导演：劳伦斯·奥利弗
（1946年在伦敦皮卡迪利剧院重新上演）

1948年

澳大利亚和新西兰巡回演出，与同时执导的劳伦斯·奥利弗合作演出，扮演《理查德三世》里的安夫人，《丑闻学校》里的蒂则尔夫人，《九死一生》里的莉莉·莎宾娜

1949年

伦敦新歌剧院，剧目轮演：《丑闻学校》里的蒂则尔夫人，《理查德三世》里的安夫人，《安提戈涅》里的安提戈涅

《欲望号街车》
编剧：田纳西·威廉斯
伦敦奥德维奇剧院
角色：布兰奇·杜波依斯
导演：劳伦斯·奥利弗

1951 年

《恺撒和克莉奥佩特拉》

编剧：乔治·萧伯纳

伦敦圣詹姆斯剧院

角色：克莉奥佩特拉

导演：迈克尔·本瑟尔

《安东尼和克莉奥佩特拉》

编剧：威廉·莎士比亚

伦敦圣詹姆斯剧院

角色：克莉奥佩特拉

导演：迈克尔·本瑟尔

（以上两部剧于 1951 年 12 月转到纽约齐格菲尔德剧院）

1953 年

《睡王子》

编剧：泰伦斯·拉提根

伦敦凤凰剧院

角色：玛丽·摩根

导演：劳伦斯·奥利弗

1955 年

《第十二夜》

编剧：威廉·莎士比亚

埃文河畔斯特拉福德，莎士比亚纪念剧院

角色：薇奥拉
导演：约翰·吉尔古德

《麦克白》
编剧：威廉·莎士比亚
埃文河畔斯特拉福德，莎士比亚纪念剧院
角色：麦克白夫人
导演：格伦·比亚姆·肖

《泰特斯·安德洛尼克斯》
编剧：威廉·莎士比亚
埃文河畔斯特拉福德，莎士比亚纪念剧院
角色：拉薇妮娅
导演：彼得·布鲁克

1956年

《南海泡沫》
编剧：诺埃尔·科沃德
伦敦抒情剧院
角色：亚历珊德拉·肖特夫人
导演：威廉·查普尔

1957年

《泰特斯·安德洛尼克斯》
编剧：威廉·莎士比亚
伦敦斯托尔剧院
角色：拉薇妮娅

导演：彼得·布鲁克
（在巴黎、维也纳、贝尔格莱德、萨格勒布等欧洲各地巡回演出两个月）

1958 年

《天使决斗》
编剧：让·季洛杜，由克里斯托弗·弗赖伊改编
伦敦阿波罗剧院
角色：葆拉
导演：让·刘易斯·巴洛特
（1960 年由罗伯特·赫尔普曼导演，在纽约重新上演）

1959 年

《照看露露》
编剧：诺埃尔·科沃德，根据乔治·费度的《管好艾米莉》改编
伦敦皇家宫廷剧院
角色：露露·阿尔维尔
导演：托尼·理查德森

1960 年

《天使决斗》
编剧：让·季洛杜，由克里斯托弗·弗赖伊改编
纽约海伦·海丝剧院（随后在美国进行为期三个月的巡回演出）
角色：葆拉
导演：罗伯特·赫尔普曼

1961年

澳大利亚、新西兰、墨西哥，以及南美洲多国巡回演出，由罗伯特·赫尔普曼执导：

《第十二夜》

编剧：威廉·莎士比亚

角色：薇奥拉

《天使决斗》

编剧：让·季洛杜

角色：葆拉

《茶花女》

编剧：小仲马

角色：玛格丽特·戈蒂耶

1963年

《同志》

编剧：雅克·德瓦尔，罗伯特·E. 舍伍德

纽约百老汇

角色：塔蒂阿娜女大公

导演：彼得·格兰微尔

1965年

《伯爵夫人》

编剧：保罗·奥斯本

英国纽卡斯尔、利物浦、牛津巡回演出

角色：伯爵夫人

导演：罗伯特·赫尔普曼

1966年

《伊万诺夫》

编剧：安东·契诃夫

纽约舒伯特剧院

角色：安娜·彼得罗夫娜

导演：约翰·吉尔古德

致　谢

本书的创作历时五年。从起笔到完成，修订数次。在此，特向为本书做出贡献的所有人致以诚挚的谢意。

首先，感谢马克·梅耶、安东尼·乌萨洛夫斯基和玛丽莎·瓦萨利。作为我的三名挚友和专业评论家，他们凭借过硬的专业知识、耐心、严谨的调研、真诚的意见以及对我精神上的长期支持，为本书的面世提供了莫大的帮助。

感谢劳伦斯·奥利弗爵士和费雯·丽全传的作者特里·科尔曼和雨果·维克斯。他们自始至终的鼓励成就了我的首部作品，感谢他们开拓性的工作以及热情的投入。

特此感谢芮妮·阿舍森、克莱尔·布鲁姆、奥莉薇·黛·哈佛兰、特里德·法克那、克斯·戈登、卡洛琳·帕特维、露易丝·奥利弗、海丝特·圣约翰·艾夫斯和塔奎因·奥利弗不吝与我分享有关费雯·丽的生活逸事以及其他珍贵资料，同时也感谢苏珊娜·法灵顿女士允许我引用其母亲的书信内容，所有这一切都让本书变得更加充实而丰富。

特别鸣谢罗萨兰·亚当、大卫·贝克、马诺·鲍尔曼、安迪·巴戈尔、艾伦·F.布朗、卡塞·克劳、彼得·科因、玛格丽特·克里斯皮诺、阿纳斯塔莎·杜布罗夫斯卡娅、黛尔·麦卡茜、德布拉·杜肯、克莱尔·福利斯通、乔纳森·弗莱文、詹姆斯·格利索、杰伊·乔金森、尼基·吕布克、瑟奇·玛菲奥里、理查德·曼根、利·米尔、米歇尔·摩根、小大卫·尼文、罗比·保罗、特伦斯·派柏、西洛玛·佩雷拉－南森、茨萨·瑞白、法兰·史密斯·南、西尔维娅·斯特利派克、马修·斯威特和菲利普·伊格勒。同时，还要感谢以下档案管理员与研究人员，他们为我提供了有关对费雯·丽的一生影响深远的几位人物的论文，并帮忙查找了所需要的信息。感谢他们为此付出的辛勤劳动，其中包括：伦敦——大不列颠图书馆的凯瑟琳·乔森、伦敦政治经济学院的卡瑟琳·麦肯因泰以及英国电影协会图书馆（BFI Library）的娜塔莉·莫里斯；洛杉矶——美国电影艺术与科学学院玛格丽特赫里克图书馆的费耶·汤姆森和马特·塞弗森、南加州大学的耐德·汤姆斯托克以及加州大学洛杉矶分校的罗伯特青年图书馆的档案管理员们。感谢哈佛戏剧档案馆的黛尔·斯汀奇康为本书提供安古斯·麦克宾的相片，阿兰·布洛蒂代表公司的阿兰·布洛蒂和凯瑟琳·费古森提供有关诺埃尔·科沃德的资料，以及约翰·吉尔古德爵士慈善信托基金的托管人。

感谢奔跑出版社编辑辛蒂－德拉霍兹，她为我涉足出版业提供了宝贵的建议，使我决定在这个行业冒险走下去。如今，这些宝贵的建议帮我收获了丰硕的成果。同时，还要感谢我的代理人劳拉·莫里斯从始至终对本书的信任，即使在历经变故和充满不确定性之时，也从未动摇。

当然，本书的出版还离不开众多费雯的影迷们通过脸书（Facebook）和我的网站vivandlarry.com对本书给予的大力支持。有了你们的支持，费雯留下的宝贵财富才能一直传承下去。

如有遗漏，并非有意。感谢为本书提供支持与帮助的所有人。

图书在版编目（CIP）数据

费雯·丽：永远的乱世佳人 / (英) 肯德拉·宾 (Kendra Bean) 著；金朗译. -- 南京：江苏凤凰文艺出版社, 2019.1（2019.3重印）
ISBN 978-7-5399-9874-9

Ⅰ. ①费… Ⅱ. ①肯… ②金… Ⅲ. ①传记文学 - 英国 - 现代 Ⅳ. ①I561.55

中国版本图书馆CIP数据核字（2018）第236418号

书　　名	费雯·丽：永远的乱世佳人
作　　者	（英）肯德拉·宾 (Kendra Bean)
译　　者	金　朗
责任编辑	曹　波　王昕宁
出版发行	江苏凤凰文艺出版社
出版社地址	南京市中央路 165 号，邮编：210009
出版社网址	http://www.jswenyi.com
发　　行	北京时代华语国际传媒股份有限公司　010-83670231
印　　刷	北京盛通印刷股份有限公司
开　　本	690 × 980 毫米　1/16
印　　张	18
字　　数	200 千字
版　　次	2019 年 1 月第 1 版　2019 年 3 月第 2 次印刷
标准书号	ISBN 978-7-5399-9874-9
定　　价	68.00 元